二見文庫

先生は未亡人

雨宮　慶

目次

先生は未亡人

第一章　いけない欲情

1

……滝沢凛子《たきざわりんこ》は困惑していた。

タクシーが走りはじめてほどなく、ぐらりと藤森亮太《ふじもりりようた》の軀がもたれかかってきたかと思うと、凛子の肩に顔をあずけてそのまま眠り込んでしまっているのだ。

ふたりは飲み会からの帰りだった。

飲み会は、参加者が同級生四人にゲストとして呼ばれた教師の凛子を加えて総勢五人の、いわゆるプチ同窓会であった。

同級生四人はみんな、彼らが高三のとき凛子が担任だったクラスの男子生徒たちで、去年そろって大学を卒業して社会人になり、一年あまりがすぎていた。

あれから五年ほどたって、凜子は三十八歳、教え子たちは二十三歳になってい
る。

彼らはそれぞれ大学はちがっていたが高校卒業以来、ちょくちょく飲み会を開
いていたらしい。

その席に凜子が顔を出したのは、今回がはじめてだった。そもそも彼らが教師
を呼んだのもはじめてということだった。

今夜のプチ同窓会は彼らがよくいくらしいパブで開かれて、最初に世話役の藤
森亮太が挨拶した。彼がいうには、大学に入って飲み会を開くようになってしば
らくして凜子を呼ぼうとしたらしい。

「ここにいる全員、先生のファンだったから、みんなでそういってたんです」

「それも一番熱烈なファンは藤森で、つぎがぼくだったんですけどね」

藤森がいうのを受けて須賀俊一《すがしゆんいち》という同級生の一人が口を挟み、みんなを笑
わせた。そして、照れ臭そうに笑っていた藤森がつづけた。

「でもそのうち先生のご主人が亡くなられたと聞いて、それどころではないだろ
うってことになって、そうしてたらみんな就活で忙しくなったり、会社に入った

らしばらく余裕がなかったりして、今回やっと先生に声をかけてみようって話になったんです。今日は出席してくださってありがとうございます」

藤森に合わせてみんなが凜子にお礼をいい、ついで乾杯ではじまった同窓会は高校時代の思い出話や教え子たちの近況についての話などで盛り上がった。

凜子はもっぱら聞き役だった。もっとも当初、すんなりとは場に溶け込めなかった。それでもアルコールを口にするにつれて気持ちがほぐれてきた。久々のことだった。

四人の教え子たちは高校時代みんな、成績も素行もわるくなかった。卒業後もそれなりに真面目にがんばってきたらしい。大手保険会社に勤めているという藤森をはじめ、そろって名のある会社に就職していた。そのことも凜子にとっては嬉しかったし、気持ちが和む要素にもなった。

プチ同窓会がお開きになったとき、思いのほか時間がたっていて、すでに終電に間に合わない時刻になっていた。

あるところまで凜子は時間を気にしていたのだが、いつしか忘れてしまっていた。翌日が日曜日ということもあったけれど、なにより久しぶりにリラックスしていたせいだった。

凜子は気持ちよく酔っていた。それよりも教え子たちはそろって酩酊していた。そのためタクシーで帰ることになった。

教え子四人のうち三人は実家に住んでいて、藤森だけが一人暮らしをしているという。藤森の実家は都内から外れていて、通勤の便がわるいかららしい。

五人は帰る方向によって凜子と藤森の二人とほかの三人にわかれて、二台のタクシーに分乗した。藤森が住んでいるマンションが、凜子の自宅マンションがある同じ区内にあって、藤森が途中で凜子を落としていくことになったのだ。

その結果、こんな困惑するような事態になっているのだった。

凜子が同窓会に出席を求められたのは、藤森亮太から勤め先の高校にかかってきた電話で、二学期がはじまったばかりの半月ほど前のことだった。

そのとき凜子は、とっさになにか理由をつけて出席を断ろうと思った。教え子たちに会いたくないというのではなかった。気乗りがしなかったのだ。

そういうことは、いまにはじまったことではなかった。

三年あまり前に夫を膵臓がんで亡くして以来、凜子はなにかにつけて消極的になっていた。すべてに関心や興味が持てなくて、なによりその前に億劫になってしまうのだった。

凜子自身、原因はわかっていた。夫を失ってからというもの、三年あまりの間に喪失感にかわって虚無感のようなものが胸の底に居すわってしまっていた。そのせいだった。

それがわかっていて、どうにもならなかった。

それでも表面的には努めてなにごともないかのように振る舞ってはいた。とりわけ職場ではそうしていたし、プライベートでもそうしているつもりだった。

ところが親友の眼はごまかせなかった。

ちょうど藤森亮太から同窓会への出席の誘いの電話がかかってきた日の、二日前のことだった。夜、三井真奈美《みついまなみ》から電話がかかってきた。真奈美は凜子の学生時代からの親友だった。

その真奈美と電話で話しているうち、いつもの話になった。

「凜子、わたしがこんなことをいうとまたァっていやがるだろうけど、ホントにそろそろ恋人をつくることを真剣に考えたほうがいいわよ。彼が亡くなってまる三年以上になるんだし、それに三十八になったのよ。いつまでフリーズドライみたいな精神状態のままでいるつもりなの?」

「なによ、フリーズドドライなんて」

真奈美の言葉に、凜子は言い返した。

するとは真奈美はいった。

「だってそうでしょ。ここ三年のあなたの精神状態って、冷凍乾燥状態だもの。なにが原因か、あなたはもちろんわたしもわかってる。だからいわせてもらうんだけど、あなたの冷凍乾燥状態を解凍するためには、心理療法とかハウツー的な言葉なんてまったく効き目はない。てっとり早く効くのは、恋をすること。恋をすることが一番の薬なのよ。ねえ、だれか恋人候補らしき人はいないの？」

「いないわよ、そんな関心もない……」

凜子は素っ気なく答えた。

「そう、それ、それがいけないのよ。いまの凜子に必要なのは、少しくらい無理しても関心を持って積極的になることなのよ」

ここぞとばかりにいいたてる真奈美に、凜子は醒めた口調でいった。

「いやよ、そんなことで無理するなんて」

「じゃあなに？　自然に任せるってこと？」

「ふつうはそうでしょ。真奈美とはちがうのよ」

「ちがうって、どういうことよ」

「恋をしてなきゃ生きていけない真奈美とはちがうってこと」

「それって、なんだかわたしが恋愛中毒みたいな感じじゃない」

「ちがうの？」

「いいえ、ちがいません。仰るとおりです。わたしは恋をしてなきゃ生きていけない女でございます。でもそのせいで、だれかさんとちがって女ざかりを謳歌しています」

真奈美はおどけた言い方をすると、つぎには真面目な口調になって、

「凜子、人生も花の命もそう長くはないのよ。だったら楽しんで、きれいに咲かなきゃもったいないじゃないの。第一あなた、女ざかりで男性がいなくて淋しくないの？」

「べつに淋しいと思ったことはないわ」

「わたしが訊いてるのは、気持ちより軀のことなの。ズバリいうけど、セックスしなくても平気なの？」

「え？　なによ、へんなこと……」

凜子はとっさに返す言葉がなかった。すると真奈美がさらに突っ込んできた。

「ちっともへんなことなんかじゃないわよ。真面目なあなただって、性欲はあるでしょ。あって当然よね、それがふつうだし、そのほうが健全だもの。だったら、ときには軀がウズウズしちゃってたまらないってことだってあるでしょ」

「やだ真奈美、あなた、酔っぱらってるんじゃない？」

凜子は当惑しながらいった。

「飲んでなんかないわよ。シラフよ。わたし、凜子のこと、真面目に心配してるのよ。ね、フラストレーション溜まってるでしょ？」

「心配してくれてありがとう。でもわたしは平気よ、フラストレーションなんてないから」

「強がりいって。もっと素直になりなさいよ。どう、凜子にお似合いの男を紹介してあげるから会ってみない？」

「ありがとう。そんな気持ちになったらお願いするわ」

「気のない返事ね。わかってるわよ、そんな気なんてないこと」

「ごめん。いまは本当にそうなの。それより真奈美のほうはどうなの？　彼とうまくいってるの？」

凜子は話の矛先を変えた。すると真奈美は恋人のことを話しはじめた。関係が順調にいっているらしく、そういうときお決まりの嬉しそうな口ぶりで――。

真奈美はバツイチでいまは独身だが、もともと〝恋多き女〟で、自由な身をいいことに男関係はかなり派手だ。外国化粧品メーカーのデパートのショップの店長をしていて、一定程度の男は色っぽいというだろう容貌にプロポーションもいいので、付き合う相手に不自由はしないらしい。

そんな真奈美と凜子は、性格的には正反対といっていい。そのいい例が異性への対し方で、真奈美は奔放だが凜子は慎重だ。

それに見た目はふたりとも平均以上の美形だが、容貌についてはタイプがちがう。真奈美は色気が前面に出ているタイプ。それに対して凜子の場合も色っぽさはあるのだが、それが気品というオブラートに包まれているというか、そのために名前のとおり、凜とした感じがあって、男にはちょっと近寄りがたい印象を与えることになるのだ。

2

あのとき――藤森亮太から同窓会への出席の誘い受けたとき、とっさに断ろうと思った凜子だが、実際は瞬時に気が変わって出席すると返事をしていた。

これには凜子自身、いささか戸惑った。だが電話を切ったあと、どうして気が変わったのか考えているうち、二日前の真奈美の電話に影響されたのではないかと思えてきたのだ。

真奈美は凜子のなにごとにも無気力な精神状態をフリーズドドライ状態だといった。そして、それを解凍するためになにより効果的なのは積極的に恋をすること、恋人をつくることだと。さらには女ざかりを謳歌しないのはもったいないという持論からセックスのことにも立ち入ってきて、性欲を抑えるなんて不健全だなどと断じた。

それを聞いていて凜子は、恋や恋人のことはともあれ、セックスについていわれたことに動揺してしまった。

とりわけ、「ときには軀がウズウズしちゃってたまらないことだってあるでしょ」といわれたとき、ひどくうろたえた。図星だったからだ。

考えてみると、ときおり軀が火照ってうずくようになったのは、夫の三周忌をすませたあとあたりからで、一年あまり前ぐらいからだった。

その前——夫が亡くなってから二年あまりは、気持ちだけでなく軀も変調をきたしていたのか、はっきりと性欲をおぼえることはなかった。

ところが一年ほど前から、軀のほうがそうではなくなってきた。

ただ、当初は性欲をおぼえてもさほど強いものではなかった。それが徐々に強くなって、数カ月前からは軀がせつないほどうずいてたまらなくなることもめずらしくなくなっていた。

真奈美には「フラストレーションなんてない」とシラを切って、「強がりいって」と見透かされたような言い方をされたが、実際真奈美のいうとおりだった。

凛子の場合、異性経験はオクテだった。大学の三年生から四年生にかけて付き合った一年上級生の男が初めての恋愛相手で初体験の相手でもあった。彼とは一年ほどで別れて、その後、二十九歳で結婚するまで異性関係はなかった。

異性関係がオクテなのも、いままで夫を含めても二人しかないのも、すべては真面目で慎重な性格によるところだった。

かといって性的なことに興味や関心がなかったわけではない。ないどころか思春期の頃から大いにあった。にもかかわらず、ここでも持ち前の性格によってそれが実行にいたることはなかったのだった。

凛子にとって亡き夫との結婚生活は幸せそのものだった。四歳年上で銀行員の夫の愛を心から信じることができたし、凜子も夫に対してそれに負けない愛を抱いていた。気持ちの面だけでなく、性的にも満たされていた。

それというのも凜子が女として性的に開花したのは、夫とのセックスだったからだ。学生時代、一年ちかくつづいた初体験の相手とのセックスでも、あるときから快感にめざめ、イクこともおぼえたが、それから年月を経て凜子の軀も成熟し、なにより幸せな結婚生活という好ましい状態もあってだろう、夫との行為のなかで感じるセックスの歓びは、その深さ、濃厚さ、すべてにおいてかつてのそれとはまったく別物だった。

そんなさなか、その相手を失ったのだ。凜子はうちひしがれた。いきなり絶望という海に投げ出されたも同然だった。

それから三年あまり、凜子はその海をさまよっていた。そしてそのうち、絶望感がいつしか虚無感に変わってきていた。

いうなれば、それは精神的なことだった。ところがここにきて、肉体的な面でも変化が現れてきていた。

それは、熟れた女体からひとりでに生まれる性的なうずきだった。

軀に起きたそんな変調に、凜子はうろたえた。いまだかつてないことだった。

初体験をした彼と別れて夫と出会うまで、セックスは皆無だったが、そのときも軀がうずくなどということはなかった。

凜子がうろたえたのには、二つの理由があった。一つははじめての経験だったこと。もう一つは、自分の軀がひどくいやらしく思えたからだった。

しかもそのいやらしい軀は、夫によって開花した軀で、そのせいで苦しめられているのは、なんとも皮肉なことだった。

ただ、瞬時に気が変わってプチ同窓会に出席すると返事をしたのは、真奈美の電話がきっかけになったことにはまちがいないけれど、そんな苦悩を抱えていたせいではなかった。

このままではいけない。なにはともあれ、行動を起こして前に進まなければ……。

漠然とそう思ったのだ。ただそう思っただけだった。

タクシーは凜子の自宅マンションの近くまできていた。彼はすっかり寝込んでしまっているようすだった。

「藤森くん、起きて。もうすぐわたし降りるわよ」

凜子は藤森の肩に手をかけて揺すった。

「う、うーん」

藤森は呻《うめ》いてようやく眼を開けた。それからゆっくり凜子の肩から顔を起こした。

「……え!? ぼく、眠ってました?」

「そうよ。大丈夫?」

「ええ、まあ……すみません」

藤森はあいまいに答えて謝った。

「みんなよく飲んでたもの、酔っぱらっちゃうわよ」

凜子は笑っていうと、運転手に声をかけた。

「すみません。その先の信号を越えたところで一人降ります」

「わかりました」

運転手が応えた。

藤森のマンションまでのタクシー料金は、四千円で足りるはずだった。それを凜子は自分が払うつもりで、財布から五千円を取り出したとき、「先生」と藤森がいった。

「ぼくもそこで降りります」

「降りるって、どうして？」

「ちょっと、気持ちわるいんです」

藤森は表情を歪めていった。

「吐きそうなの？」

「そんな感じ……」

苦しげにいう。

「困ったわね。もうちょっと我慢できる？」

「たぶん……」

そのときタクシーが停まった。凜子はあわてていった。

「運転手さん、ごめんなさい、二人ともここで下ります」

中年の運転手はあからさまに不快な顔をした。

凜子は五千円を差し出した。

「これでいいです。取っておいてください」

「そうですか。すみませんね」

運転手は一転相好を崩して金を受け取ると、ドアを開けた。

「藤森くん、降りて」

凜子はタクシーを下りて藤森をうながした。藤森は這うようにして下りてきた。凜子は肩につかまるようにいって藤森の軀を抱えた。それでやっと立っていられる感じだった。

タクシーが走り去ると、凜子はいった。

「うちで少し休んでいきなさい。うちまで二百メートルくらい歩かなきゃいけないけど、大丈夫？」

「なんとか……」

心もとない感じで答える藤森に、凜子は一瞬躊躇したが仕方ないと思い、

「じゃあしっかりつかまって、がんばって」

そういって肩につかまっている彼の手を取って反対の肩にまわした。

「すみません」

凜子の肩を抱く格好になった藤森が恐縮したようにいう。こっちよ、といって凜子は藤森の軀を抱えて歩きだした。

藤森は細身だが身長は百六十三センチの凜子より十センチ以上高そうだった。それだけの体格差がある藤森を凜子が抱えて歩くのは、大変だった。マンション

の自宅まで着いたとき、というよりやっとたどり着いたときは息が弾んでいた。

凜子は藤森を自宅に入れると、リビングルームのソファに座らせた。九月半ばでも昼間はまだ残暑がつづいていたが、さすがに深夜になるとクーラーの必要はなく、室内は適温だった。

「上着を脱いで楽にして、ちょっと待ってて」

凜子は藤森にそう言い置くと、キッチンに向かった。

3

藤森亮太はスーツの上着を脱ぎながら、滝沢先生の後ろ姿を眼で追っていた。先生もスーツを着ていた。その上着を脱いでキッチンカウンターの椅子の上に置くと、キッチンの中に入った。

思いがけない展開に、亮太はますます興奮して胸が高鳴っていた。ますます──というのは、興奮も胸の高鳴りもその前からつづいていたからだ。

亮太が高三のときのクラス担任だった滝沢先生は、当時もスタイルがよかったけれど、それから七年ちかくたったいまもほとんど変わらない。それどころかスタイルがいいだけでなく、熟女らしい色っぽい軀になっているようだった。

そう感じたのは、さきほど先生の後ろ姿を眼で追ったときで、タイトスカートに包まれたヒップが昔よりややむっちりして見えたせいだった。それを見て亮太は股間がうずいた。

滝沢先生は顔もきれいだ。そんな先生を高校に入って最初の英語の時間に見て胸がときめいて以来、亮太にとって先生は憧れの存在になった。

ところがはじめて先生を見てからほどなく、先生が結婚して一年たらずということがわかって、亮太の憧れは微妙に形を変えたものになった。

それまで亮太は、先生には夫はおろか恋人もいないものと思っていた。勝手にそう思い込んでいた。まさに噴飯ものの、純真でウブな憧憬のなせるわざだった。

先生は結婚していた、しかも新婚同然だった。そうとわかったとたんに亮太は甘ったるい夢から醒めた。急に先生が一人の女として生々しく見えてきた。

そうなると亮太は嫉妬に苦しめられ、それでいて興奮させられ悶々とさせられることになった。いやでも憧れの先生が夫に抱かれてセックスをしているところを想像してしまい、まだ童貞だった彼はおぼつかない、そのぶん止めどない妄想をかきたてられた。

もっともそんなことは、亮太自身に恋人ができたりするうちになくなった。それでも滝沢凛子への憧れの気持ちだけは、甘酸っぱい思い出と一緒にいまなおつづいていた。

それだけに今夜の先生との再会は、胸がときめいた。それでつい飲みすぎてしまって、それに仕事に慣れてきたとはいっても一週間の疲れが出たらしく、先生とタクシーに乗ってすぐ強い眠気に襲われたのだ。しかも引き込まれるのが気持ちがいいほどの睡魔に──。

ただ、先生に声をかけられるまで、亮太は眠っていたわけではなかった。そのわずか前に眼が醒めて、先生の肩にもたれているのに気づいていたのだ。

気づいた瞬間、亮太は驚き、あわてた。が、顔を起こそうとはしなかった。そのまま眠っているふりをした。そうすることでどうしようという考えがあってのことではなかった。憧れの先生の肩にもたれていると思ったら胸がときめいて、そうしたのだ。

そのとき先生に声をかけられて揺り起こされた。亮太はとっさにウソをついていた。そして、悪酔いして気分がわるいという演技をした。

それを先生は信じて、亮太をマンションの自宅に連れてきた。

その途中、亮太は胸が高鳴り、それに興奮していた。亮太が先生の肩を、先生が亮太の腰を抱きかかえていると、亮太には先生の軀がいやでも生々しく感じられたからだ。

先生がキッチンから出てきた。グラスを持っていた。亮太のそばまできて、グラスを差し出した。

「はい、お水。気分はどう?」

「だいぶ、いいみたいです」

そう答えてグラスを受け取った亮太はふと、ある考えが閃いた。

彼はそれを実行した。コップの水をわざと勢いよく呷《あお》って、派手にこぼしたのだ。

「アッ、ヤバッ!」

ネクタイを緩めているワイシャツからズボンの前までビショビショになった。

「あら大変!」

驚いた声をあげるなり先生はあわててリビングルームから出ていった。

亮太がわざと水をこぼして服を濡らしたのは、そうすれば服が乾くまでここにいることができる、先生と一緒にいることができると考えてのことだった。

先生はすぐにもどってきた。白いタオルを手にしていた。

「迷惑かけてすみません」

ソファに座ったまま、亮太は謝った。

「いいのよ、気にしないで」

先生はローテーブルの上にタオルを置き、空のグラスを取り上げてその場を離れた。それからキッチンにいって水を入れ直したらしいグラスを持ってもどってきた。

「お水、全然飲んでないでしょ。こんどはゆっくり飲みなさい」

亮太に笑いかけていってグラスを差し出した。

いわれたとおり亮太はゆっくり水を飲み干した。それを待って先生は亮太の手からグラスを受け取ると、ローテーブルの上に置いた。

亮太は戸惑った。先生がテーブルを横に押しやって、彼の前にひざまずいたのだ。

「着替えがあればいいんだけど、主人のものはもうないし、できるだけ水気を取って少し乾くのを待ちましょ」

そういいながらタオルで亮太のワイシャツの前を叩くようにして拭いていく。

「ホント、すみません」

「大丈夫よ。それよりこんなに濡れてていやだったら、脱いでバスタオル巻いてたほうがいいかしら」

「そ、そうですね」

亮太は声がうわずった。先生のタオルがズボンの上から下腹部のあたりを軽く叩くようにして拭いているのだ。声がうわずったのは、分身が充血して強張ってきて、うろたえたからだった。

それだけで生理的な反応が起きてしまったわけではなかった。それまで前にひざまずいている先生のブラウスの胸元から乳房の白い膨らみがちらちら見えていたし、ずり上がったタイトスカートの裾から形のいい膝が覗き見えていて、亮太は戸惑いながらも刺激されていたのだ。

『え!?——』

亮太は胸の中で驚きの声を発した。いつのまにか先生の手の動きが止まっていて、それればかりか先生が彼の股間を凝視していたのだ。それも怒ったような強張った表情で。

亮太のズボンの前は、露骨に突き上がっていた。

すぐに亮太はすべてを察した。先生は亮太のズボンの前の勃起の印を見て興奮しているのだ。

察したとはいえ、憧れの先生がそんなことになるなんて、亮太にとっては信じがたいことだった。

だが亮太は思った。先生は未亡人なのだ。しかも夫を亡くして三年以上たっている。ちゃんとしている先生のことだから、まだ彼氏はいないのかもしれない。そうだとしたら、欲求不満を抱えていてもおかしくない。それで俺が勃っているのを見て、ムラムラしてきたのだ。きっとそうにちがいない。

そう思ったら、亮太は大胆な気持ちになった。

「先生、濡れてて気持ちわるいから脱いじゃっていいですか」

ベルトを緩めながら訊くと、

「え？　ええ……じゃあ浴室に案内するわ」

先生は我に返ると同時にうろたえたようすで答えて立ち上がろうとする。

「待って」と亮太はあわてて制し、反対に立ち上がってチャックを下ろすと、

「ここで脱いじゃいます」

いうなりズボンを下着ごとずり下げた。

ブルンと先生の顔の前で怒張が弾み、先生が息を呑むようなようすを見せた。

「だめよ、藤森くん。早くズボンを穿いて」

ふるえ声でそういいながらも、先生はジッと怒張を見ている。というより怒張から眼が離せない感じだ。

「先生、ペニスを見るの、久しぶりなんじゃないですか」

いいながら亮太はズボンと下着を一緒に脱ぎ去ると、返す言葉もないらしい先生の手を取った。

「先生、触っていいですよ。触ってください」

「いやッ、だめッ、藤森くんやめてッ」

亮太が手を強張りに触れさせると、先生ははじめていやがって手を引っ込めようとした。が、強い力ではなかった。形ばかりの抵抗のようだった。

亮太は強引に先生の手を開いて怒張に指をからませ、そのままゆっくり腰を前後させた。

「さ、こうやって、先生の手でしごいてください」

「そんな……いやッ、だめッ……」

口ではそういいながらも先生は手を引こうとはしない。亮太のするがままになって、狼狽よりも興奮のほうが勝っている表情で手にしている怒張を凝視している。それにそうしていないと苦しいのか、口を半開きにして息を弾ませている。

4

凜子は悪夢を見ているようだった。

勃起しているペニスを藤森の手で無理やり握らされて、彼が腰を前後させているため、凜子の手がペニスをしごいているような格好になっているのだ。

どうしてこんなことになっているのか、頭が混乱していて、それさえよくわからなかった。

おぼえているのは、藤森がコップの水をこぼして濡らしたズボンをタオルで拭いてやっているとき、ズボンの前が露骨に突き上がってきて、それを眼にした瞬間から自分が自分でなくなってしまったことだ。

ズボンの〝突き上げ〟を見た瞬間、軀の芯を快感のうずきが走り抜けて軀がふるえ、めまいに襲われた。

そのときから否応なく、悪夢の中に引き込まれた感じだった。そして勃起しているペニスを見せられると、どうすることもできない精神状態に陥ってしまった。それでもわずかに理性はあった。ただ、興奮のほうがそれをはるかに上回っていた。しかもいままでに経験したことのない類の、強い興奮だった。そのため、こんなことをしてはいけないという気持ちはあってもどうにもならなかった。

いまもそうだった。

こんないやらしいこと、いやだ、してはいけないと思いながらも、拒むことも怒張から眼を離すこともできない。

それどころか、手でしごいている勃起したペニスの生々しい感触と、その淫猥な眺めにますます興奮を煽られて息苦しくなり、ゾクゾクする性感に襲われて軀がふるえていた。

しかもその性感は、子宮に生まれる熱いざわめきによってひろがる甘いうずきで、凜子自身もう濡れているのがわかった。

「先生、しゃぶってください」

藤森がいった。興奮のせいか、硬い声だった。

「いやッ、もうやめてッ」

凜子は懇願した。

「だって先生、ホントはいやじゃないんでしょ。先生が興奮してるの、わかりますよ。さ、しゃぶってください」

いうなり藤森は凜子の手から手を離し、自分で怒張を持って凜子の口元に突きつけてきた。

「いやッ、だめッ」

凜子はかぶりを振りたて、両手で藤森の腰を押しやろうとした。が、藤森に後頭部を抱え込まれていて逃れることができず、怒張を口に押しつけられた。

とっさに凜子は唇を嚙みしめた。

すると藤森は怒張で凜子の顔を撫ではじめた。

カッと凜子は熱くなった。強い恥辱感をおぼえて怒りが込み上げた。だがそれも一瞬だった。

凜子はうろたえた。顔を撫でまわす勃起したペニスの感触に、怒りが一転、興奮に変ったのだ。それもアルコールの酔いが一気にひろがるように──。

「ああ……」

ひとりでに感じ入った声が出た。事実、凜子は興奮に酔っていた。

怒張が唇をなぞってきたとき、また喘いで舌を覗かせると、亀頭にからめていった。

「先生、すごいッ。ぼくもメッチャ興奮してますよ」

藤森がうわずった声でいった。言葉どおり、凛子が舐めまわしている亀頭がヒクッ、ヒクッと跳ねている。

凛子は興奮のあまり頭がクラクラしていた。もはや自制心も理性もなかった。あるのは、自暴自棄な気持ちと抑えがたい欲情だけだった。

凛子は怒張に手を添えた。一方の手で若い勢いを感じさせる陰毛を撫でながら、手にしている硬い肉棒をくすぐるように舌でなぞって舐めまわした。

「アアッ、たまンないッ」

藤森の気持ちよさそうな声に煽られて、凛子は肉棒を咥えた。ゆっくり顔をふってしごいた。

そのとき、凛子は狼狽した。結婚して何年かたった頃、フェラチオしているとき夫から「最初の頃に比べたら、ずいぶん上手になった」と褒められたのを思い出したのだ。

すると、自分を置いて先に逝ってしまった夫のことが恨めしくなった。

そんな凜子の動揺を、「ヤバッ」という藤森の声が止めた。

「先生にしゃぶられてるなんて信じられない。俺、すぐに我慢できなくなっちゃいそうですよ」

昂った声で怯えたようにいう。

口腔で肉棒をしごきながら、凜子は藤森を見上げた。彼の表情にも声の感じが現れている。

「アッ、マジやばい!」

藤森はあわてていって腰を引いた。凜子の口から滑り出た肉棒が、彼女の目の前で大きく弾んだ。

「アアッ――!」

凜子は軀と声がふるえた。その瞬間、熱くうずいている膣の中で肉棒が跳ねたような感覚があって、ゾクッとする快感に襲われたのだ。

藤森が凜子を抱いて立たせた。凜子はされるがままになって、藤森と向き合って立った。教え子の顔を見ることはできなかった。息が弾んでいた。

藤森が凜子を抱き寄せてキスしてきた。凜子は顔をそむけて逃れた。藤森は無理にキスしようとはせず、手早くネクタイを解いてワイシャツのボタンを外しはじめた。

凜子は黙ってうつむいていた。このあとどういうことが待っているか、もちろんわかっていた。そのことで、この期《ご》に及んで懊悩《おうのう》していた。

教師である自分が、あろうことか教え子とセックスをする。

人一倍倫理感の強い凜子にとって、それは淫らで許されないことに思える。

ただ、教え子といっても元教え子で、その藤森が三十八歳の自分よりも十四五歳年下だけど、もう成人した立派なオトナで、それにふたりとも独身だから、とくに問題はない……。

そうは思っても懊悩はふっきれない。そのとき藤森がズボンと下着から足を抜き、シャツを脱いで、靴下だけを残して全裸になった。

凜子は焦りながら思った。

——彼を説得して思い止まらせよう。いまならまだ間に合う。

ところが藤森がブラウスの前に手をかけてきたとき、凜子はそれを拒むことができなかった。さらに彼がブラウスのボタンを外しはじめても、その手元を凝視しているだけでされるがままになっていた。

凜子は息苦しいほどの胸の高鳴りに襲われていた。異様なまでに興奮の金縛りにあっているようだった。

ブラウスの前がはだけられて、白いブラをつけた胸があらわになった。

凜子はちらっと藤森を見やった。彼は明らかに興奮のためとわかる怒ったような表情で押し黙ったまま、凜子の胸が大きく喘いでいるのを食い入るように見ている。

そんな藤森から凜子は自分と同じ、なにか言葉を発すると、ふたりの間に流れている官能的な沈黙が壊れるとでも思っているかのような気配を感じ取った。

藤森は凜子の腰に手をかけてきた。タイトスカートの後ろに両手をまわし、フックを外してジッパーを下ろす。そして凜子の前にひざまずくと、スカートを下げていく。

だめ、と凜子はわずかに腰をくねらせて胸の中でいっただけで、声には出さなかった。スカートが腰の下まで下げられると、恥ずかしさでカッと軀が熱くなった。

藤森を見下ろすと、さっき以上に興奮しきった顔つきで、肌色のパンストの下に白いショーツが透けて見えている凜子の腰部に眼を奪われている。

凜子は思わず喘ぎそうになった。ひざまずいている藤森の下腹部から突き出している怒張がヒクついているのが見えたからだ。

喘ぎ声はかろうじてこらえることができたものの、秘芯がうずいて太腿をすり合わせずにはいられない。

藤森が両手をパンストにかけて下げていく。凜子はされるがままになって、パンストが太腿あたりまで下ろされると両手で下腹部を押さえた。

藤森はパンストを取り去るとショーツはそのままにして立ち上がり、凜子の手を取った。ブラウスの袖口のボタンを外し、一方も同じようにすると、ブラウスを脱がす。

ブラとショーツだけにされた凜子は、片方の手で胸を、一方の手で下腹部に当ててうつむいた。

「すごいな。メッチャ色っぽい……」

藤森が沈黙を破ってかすれたような声でいった。

それにつられて凜子は顔を上げた。藤森が興奮しきった表情で凜子を食い入るように見ていた。

凜子は羞恥と狼狽に襲われて、すぐまたうつむいた。すると、軀がふるえて喘いだ。またしても怒張がヒクついているのが眼に入ったのだ。

藤森が後ろにまわった。いきなり凜子は抱きすくめられた。

「あぁッ――！」

数秒前と同じように軀がふるえて喘いだ。こんどはヒップに怒張を押しつけられたからだ。

藤森が両手でブラ越しに乳房を揉みながら、セミロングの髪を唇で分けてうなじに押しつけてきた。凜子はのけぞった。

「あぁッ、だめッ……」

熱いざわめきに襲われて声がうわずり、軀がひとりでにくねる。

だめといいながら凜子は、すでに自分が拒絶や抵抗の意思を失っていることがわかっていた。それにもう一つ、はっきりわかっていることがあった。気持ちのすべてがヒップに押しつけられている熱い強張りに奪われてしまっているということだった。

5

先生の後ろに立ったまま、亮太はブラホックを外して白いブラを取り去った。

両手を前にまわして胸を隠している先生の手をどかすと、じかに乳房をとらえて揉んだ。

「いやッ、だめッ……」

先生がうわずった声でいう。

そういいながらも拒んだり抗ったりするようすはない。両手は亮太の腕にかけているだけだ。

先生の「いや」とか「だめ」が口先だけだということは、亮太はもうとっくにわかっていた。

いまもそれを証明するように感じた喘ぎ声を洩らして軀をくねらせている。そうやって亮太の怒張に先生のほうからむちっとしたヒップをこすりつけてきているのだ。

それを感じながら両手で乳房を揉んでいる亮太は、ますます欲情を煽られていた。

先生の乳房は、まだ手の感触でしかわからないけれど、巨乳でも貧乳でもない、手頃なボリュームがある。それに若い女のような張りや弾力はないけれど、ほどよい柔らかみがあって、揉んでいるとそれが心地いい。

ている。乳首が硬く勃っている。感じて興奮しているのは明らかだ。

亮太はドキドキワクワクしながら、片方の手を先生の下腹部に這わせて、ショーツの中に差し入れた。

「あッ、いやッ……」

先生があわてたようにいって手で亮太の手を制した。

亮太の手は、しっとりした陰毛に触れていた。手を強引に陰毛の下に入れようとすると、ギュッと先生が内腿を締めつけて拒んだ。

そのまま、亮太は乳首をつまんでこねた。

「ウッ……だ、だめッ……」

先生が呻き声につづき、軀をふるわせてうわずった声を洩らした。

──と、内腿の締めつけがふっと緩み、亮太は手を滑り込ませた。

生々しい感触にゾクゾクすると同時に驚き、思わずいった。

「ワッ、すごッ。先生、もうビチョビチョじゃないですか」

「いやッ、いわないでッ」

先生はいたたまれない恥ずかしさに襲われているようすでかぶりを振る。

亮太の手は、先生にいったとおり、濡れそぼっている秘苑をとらえていた。

そのエロティックな感触に興奮を煽られて、そうやって手を触れているよりも眼で見たくなった。亮太は先生の前にまわった。

先生は言葉もなくうつむいて、片方の手を胸に、そして一方の手を下腹部に当てている。

亮太はあらためて先生の裸身に眼を奪われた。さきほどと同じように、見た瞬間、そのあまりの色っぽさにズキンと怒張がうずいてヒクついた。

目の前の先生の裸身は、亮太にとってははじめて眼にするタイプの女体だった。というのも彼には同世代の若い女としかセックスの経験がなくて、その経験にしてもたいしたものではなく、滝沢凜子のような三十八歳の熟女を相手にするのは、これがはじめてだったからだ。

亮太はそっと先生を抱き寄せた。先生はされるがままになったが、軀を硬くしている。亮太は先生の下腹部に強張りを強く押しつけた。瞬間、先生の軀がビクッとして、さらに硬直したのがわかった。

「アアッ」

先生が昂った感じの声を洩らした。同時にふっと軀の硬さが抜けて、先生のほうから亮太に抱きついてきた。というより、しがみついてきたといったほうが当たっていた。

先生のその行為によって、亮太は逆上するほど興奮した。さらに密着している先生の乳房の感触に欲情を煽られて、キスにいった。

先生は弱々しくかぶりを振って、亮太の唇を避けようとした。

亮太は強引に唇を奪った。唇をこすりつけて舌を入れていこうとすると、先生は唇を締めつけて拒んだ。が、それも一瞬だった。「ううん」という苦しげな鼻声と一緒に唇が緩み、亮太は舌を差し入れた。先生の舌にからめていくと、はじめのうちされるがままになっていたその舌が、こんどは先生のせつなげな鼻声と一緒に亮太の舌にからんできた。

いちど舌がからみ合うと、亮太よりも先生のほうが熱っぽくなった。

「うふん……ふうん……」

ねっとりと舌をからめてきながら甘い鼻声を洩らす先生に、亮太は興奮を抑えられなくなった。唇を離すと、屈み込んで乳房にしゃぶりついた。しこって突き出している感じの乳首を吸いたて、舌でこねまわした。

「アアッ、ああン……」

先生が亮太の頭を抱えて悩ましい声を洩らす。

亮太は片方の乳房に口を使いながら、一方の乳房を手で揉みたてた。

先生がきれぎれに感じ入ったような喘ぎ声を洩らす。その声が徐々に昂った感じになってきた。

「アアいいッ……アアンだめッ、もうだめッ――!」

切迫した感じでいったかと思うと、

「イクッ、イッちゃう!」

ふるえ声を放って先生が軀を硬直させ、そのままわななかせた。

亮太は顔を上げた。驚いていたが、乳房を攻めただけで先生がイッた理由は察しがついていた。それだけ欲求不満を抱えていたのだと。

達したばかりの先生は、そうしていないと立っていられないのか、両手で亮太の肩につかまり、興奮しきって、そのために強張った表情で息を弾ませている。

亮太はそんな先生の顔から胸に視線を移して、はじめて乳房を眼にした。想ったとおりの美乳だった。勃起して尖り立ったような乳首がやや上向きに反った、きれいな紡錘形を描いている。

先生が身につけているのは、白いショーツだけだ。亮太は先生の前にひざまずいた。憧れの先生のシークレットゾーンを見ることができるのだ思うと、興奮がピークに達して息苦しいほど胸がときめいていた。

熟女の濃厚な色香が詰まっているような腰部をさらにセクシーに見せている白いショーツは、上部がストレッチレースになっている。そのシンプルなデザインが、亮太が抱いている淑やかなイメージの先生に合っていた。

亮太はショーツに両手をかけた。こんもりと盛り上がっているデルタゾーンを見てゾクゾクしながら、ショーツを下ろしていく。

先生は亮太の肩につかまったまま、ショーツが下げられるのにつれて腰をわずかにくねらせるだけで、黙っている。ただ、ショーツが膝を通過すると、片方の膝を内側に曲げて下腹部を隠した。

それでも亮太の眼には漆黒の陰毛の一部が見えた。亮太は先生のすらりとした脚からショーツを抜き取ると、先生の腰を抱え込んで下腹部に顔を埋めた。

「そんなッ、だめッ」

先生はうろたえたような声でいって、両手で亮太を押しやろうとした。かまわず亮太は強引に顔を押しつけて、陰毛にこすりつけた。すると先生は拒むのをやめて、亮太と同じようにひざまずいた。

ふたりが向き合ってひざまずいているのは、ソファの前に敷かれているセンターラグの上だった。

見つめ合ったふたりは、瞬時におたがいの胸のうちを察したかのように、すぐに先生が仰向けになり亮太がその上に覆い被さっていった。

亮太は上体を起こすと、両手で乳房を揉みたてた。先生が悩ましい表情を浮かべて喘ぐのを見て煽られ、乳房を揉みながら、乳首を口で吸いたてたり舌でこねまわしたりした。

さきほど乳房を攻めただけでイッたことからして、欲求不満が溜まっていてそうなのか、それとももともと感じやすいのか、いまも先生の口から泣くような喘ぎ声が洩れている。

亮太は先生の胸から下方へ、両手で裸身を撫でつつ、その滑らかな肌にキスしながら、徐々に軀をずらしていった。そうして喘いで身悶える先生の下半身に移動すると、両脚を押しひらいた。

「いやッ、だめッ！」

さすがに先生は悲痛な声を放って顔を両手で覆い、腰を揺すった。

閉じようとする両脚が小刻みにふるえている。が、脚に込められている力は必死というほど強くない。

亮太はそのまま秘苑に見入った。思わず胸の中で、『これが滝沢先生の×××か』とつぶやいた。

先生のそこは、きれいな顔や淑やかな印象とはちがって、淫猥な感じだ。黒々とした陰毛はさほど濃くはないが、こんもりと盛り上がっている恥丘から肉びらの両側まで、まばらな口髭のように生えている。そして肉びらは赤褐色をしていて、ほとんど皺もなく、つやつやしいが、やや出っ張っているため、まさにビラビラという感じだ。

それが淫猥に見えるのは、亮太が抱いている先生のイメージと、そんな陰毛の生え方と肉びらの形状との、たぶんにギャップのせいにちがいなかった。

だからといって亮太が失望したわけではない。それどころか真逆だった。先生の淫猥な秘苑を見て、いままでになく先生を生々しく感じて興奮を煽られ、欲情をかきたてられた。そのため、射精してしまいそうなほど怒張がうずいて脈動し、先走り液が亀頭を濡らしていた。

「うう〜ん、いやァ」

先生が腰をくねらせていった。いやがっているというより艶《なまめ》かしい感じの声だった。

それで亮太は我に返った。先生はまだ両手で顔を覆ったままだ。亮太は押し開いている先生の脚の間に腰を進めると、両手で肉びらを分けた。

「アンッ、だめッ――！」

肉びらがパックリ開いてサーモンピンクの粘膜が露出すると同時に、先生が腰を跳ねさせてうわずった声でいった。

秘めやかな粘膜は女蜜にまみれて濡れ光り、まるでエロティックなイキモノのようにうごめいている。

そこに亮太は口をつけた。先生が腰をヒクつかせ、勢いよく息を吸い込むような声を発してのけぞったのがわかった。

6

凜子は両手でラグマットをまさぐるようにして繰り返しのけぞりながら、きれぎれに泣き声を洩らしていた。

藤森の舌がクリトリスをこねまわしたり、弾いたり、ときには口で吸いたてたり、さらには吸いたてたまま、舌でこねたり弾いたりしているのだ。

そのすべてが凜子にとってはたまらない快感だった。

こういうときの凜子は、快感に身を委ねてしまうとどうなるかわからない不安をおぼえて必死に快感をこらえようとする、ある種癖のようなものがある。もっとも結果的には、それでもこらえきれなくなって感じてしまうのだが、これまでの経験で、こらえたぶんだけ快感が強く深くなることを、頭でも軀でも知っている。

ところが、いまそれは不可能だった。そこまでこらえがきかなかったし、そんな余裕などなかった。

欲求不満を囲っていた軀は、快感をストレートに受け入れて、凜子はあまりの気持ちよさに感泣していた。

「アアンいいッ……アアッ、それいいッ、気持ちいいッ……」

たまりかねて快感を訴えると、藤森の頭を両手で抱えた。ひとりでに腰がいやらしくうねってしまう。そうすると、藤森の口に局部をこすりつける格好になって、ますます感じる。快感が一気に膨れあがって弾けた。

「ダメッ――イッちゃう！」

凜子はふるえ声を放って反り返った。

「イクイクッ、イクーッ！」

めくるめくオルガスムスの快感に襲われて軀がわななき、腰が手放しに律動する。そのまま気が遠退《とおの》いていった。

それから数秒ほど、失神していたらしい。ゾクッとする快感を受けて凜子は我に返った。

上体を起こした藤森が、興奮しきった顔で凜子の下腹部を覗き込んでいた。怒張を手にしているようだ。

「アンッ、だめッ」

ヌルッとした感覚と同時にまたゾクッする快感に襲われて、凜子は腰を撥ね上げた。藤森が怒張の先でクレバスを撫で上げたのだ。

「先生、ぼくもう我慢できません。入れてもいいですか」

クレバスを亀頭で上下にこすりながら、藤森が切羽詰まったような声で訊く。

「そんな、それだめッ、アンンだめよッ」

凜子はうろたえていった。そんなことを訊かれても答えようがない。それよりたまらない快感をかきたてられて腰がひとりでにうねって、自分でもはしたなく思って恥ずかしさで顔が熱くなるような動きを呈してしまう。

「先生のクリ、すごいっすよ。ビンビンになっちゃってますよ」

藤森があからさまなことをいって亀頭でクリトリスをこねる。

「いやッ、だめッ」

クリトリスがそうなっていることは、凜子自身わかっていた。それをこねられて生まれるうずくような快感に、喘ぐのをこらえて言葉を発したため、声が喉につかえた。

その快感が体奥にひろがって、子宮が熱くざわめく。

「アアッ!」

ふるえ声を洩らした凜子は、もう我慢できなかった。腰をうねらせながら求めた。

「アアンだめッ、きてッ、入れてッ」

いった瞬間、全身が火になったような感覚に襲われた。無我夢中で発したとはいえ、そんな直接的な言葉で求めたのは、夫に対してもなかったことだった。

直後に硬直が押し入ってきた。凜子は呻いてのけぞった。

三年以上にわたってセックスから遠ざかっていたせいかもしれない。充分に濡れているにもかかわらず、硬直の侵入がきつく感じられた。それでも奥まで強張りを受け入れると、軀がとろけるような気持ちよさと一緒に頭がクラクラした。

藤森が動きはじめた。肉棒がピストンのように突き引きを繰り返す。それに合わせて凜子は喘いだ。かきたてられる快感が、そのまま感じ入った声になる。

「先生、先生のここ、メッチャ気持ちいいです」

藤森が腰を使いながら、興奮で固まったような表情で凜子を見ていう。

たがいに見合う格好になって、凜子は当惑した。瞬間、教師と教え子というふたりの関係が頭をよぎったのだ。だがすぐに気持ちは律動している肉棒のほうに移って、凜子も正直にいった。

「わたしも、いいわ」

藤森はどこか気をよくしたような表情を見せると、両手に乳房をとらえて揉みはじめた。

いつのまにか膣がこなれた感じになっていた。肉棒の滑らかな動きがますます気持ちいい。さらに乳房から生まれる甘いうずきも加わって、凜子はそうせずにはいられず、藤森に合わせて腰をうねらせた。すると摩擦感が強まって、そのぶん快感も強くなる。

「アア～いいッ、気持ちいいッ、たまらないわ」

凛子は息せききっていった。

それに煽られたように藤森が激しく突きたててきた。

「そんな……」

凛子は戸惑った。かまわず藤森はムキになって腰を使う。強烈な快感に、凛子はきれぎれに感じ入った声を上げながら、一突きごとに否応なく高みに追いやられる。

「アアだめッ、だめよッ、イッちゃいそう!」

「いいですよ、イッちゃっても」

藤森はなおも攻めたてるように律動する。絶頂寸前まで追い上げられていた凛子は、もう一溜まりもなかった。「イクッ!」というなりのけぞって、オルガスムスのめくるめく快美感に呑み込まれていった。

それも束の間、藤森が倒れ込んでキスしてきた。舌を差し入れて、からめてくる。

「うう～ん……」

凛子は呻いて舌をからめ返した。それもオルガスムスの余韻にけしかけられて藤森よりも熱っぽく、ねっとりと。

濃厚なキスをしながら、凜子はせつなげな鼻声を洩らした。膣に収まったままの肉棒がヒクつくのだ。

どちらからともなく唇を離すと、藤森が凜子を見て驚いたようすを見せた。

「先生、泣いてたんですか」

「え!? ああ、そうみたい……」

凜子は手の甲で目尻の涙を拭った。自分でも気づかないうちに涙を流していたらしい。

「それって、ぼくのせいですか」

藤森が不安げに訊く。凜子の涙は、自分がわるいことをしたせいかもしれないと思ったようだ。

凜子は内心苦笑いして、真顔で答えた。

「そう。藤森くんのせいよ」

「マジですか」

狼狽ぎみの藤森に、凜子は微笑していった。

「正確にいうと、半分はわたしを感じさせた藤森くんのせい、あと半分はわたしのせいよ」

「どういうことですか」

「わたしも感じすぎてしまったからよ」

一瞬藤森は呆気に取られたような表情を見せたが、ホッとしたように笑って、

「よかった。じゃあもっと感じちゃってください」

いうなり、動きを止めていた腰を律動させはじめた。

イッたばかりの凜子は、すぐまた快感のボルテージが絶頂に向かって上がっていく。

「すごいッ、アアンいいッ、またイッちゃいそうよッ」

「いいですよ、イッちゃって」

藤森が息を弾ませていったかと思うと、急にあわてたような表情になって、

「あ、でも、ぼくも我慢できなくなっちゃいそうです」

凜子はいった。

「藤森くんもイッて！」

「このまま出しちゃっていいんですか」

「いいわよ、大丈夫だから」

凜子がいうのを受けて藤森は安心したらしく、興奮した表情で律動を速めた。硬い肉棒で膣がこすりたてられて、軀の芯からふるえるような快感がわきあがる。あまりの気持ちよさに、凜子はまた泣いていた。泣き声で喘いでいると、

「先生、ぼく、もう出ちゃいます！」

藤森が切迫した表情と声でいった。

「いいわ、出してッ。一緒にイクわッ」

凜子の言葉にけしかけられたように、藤森はがむしゃらな感じに腰を使った。そして、抉るように凜子を貫くと、「アア出るッ！」と呻き声でいった。

藤森が肉棒をぐいぐい突きたててきながら、ビュッ、ビュッと勢いよく射精するのを子宮に感じながら、

「イクイクッ、イクーッ！」

凜子も絶頂を訴えながら昇りつめていった。

7

ふたりは全裸のまま、センターラグの上で横になっていた。凜子が仰向けに寝

て、その横から亮太が寄り添って片方の脚を凜子の脚にからめている、という格好だった。

行為が終わったばかりで、ふたりともまだ息が弾んでいた。

「藤森くんと、こんなことになるなんて……」

先生がつぶやくようにいった。放心したようすで天井を見ているが、その顔にはセックスの余韻が残っていて、亮太がはじめて眼にする艶かしい色が浮かんでいる。

亮太は思った。さっきセックスの途中でイッたあと、先生の涙を見てそのわけを訊いたとき、先生は亮太が感じさせたせいもあるけれど、自分も感じすぎたからだといった。だから怒ってはいないはずだ……。

「後悔してるんですか」

亮太は訊いた。

「ええ、してるわ」

先生は穏やかな口調で答えた。

「さっき先生いってたけど、感じすぎたからですか」

「それもあるけど、その前に藤森くんとこんなことになるなんて、あってはいけないことだからよ」

一瞬恥ずかしそうな表情を浮かべて先生はいった。

「どうしていけないんですか」

「ふたりにとって、というより藤森くんにとってよくないことだからよ」

「なんでですか。ぼくはもう二十三で独身だし、先生だって独身――あ、先生、彼氏とかいるんですか」

はじめてそのことに気づいて、亮太はあわてて訊いた。淑やかで真面目そうな先生だから、端《はな》からそれはないと決めてかかっていたのだ。

だが訊いてすぐに亮太は思った。もし付き合っている相手がいたら、先生のことだからこんなことにはならなかったのではないか。

「そんなひと、いないわ。そういうこととは関係なく、若い藤森くんのことを思っていってるの。だから、今夜のことは忘れてちょうだい」

年上らしく、それに教師らしく、先生は落ち着いた口調で諭すようにいう。

それがかえって亮太の気持ちを逆撫でした。

「若いとか、ぼくのためとか、そんなの関係ないですよ。ぼくはずっと先生のことが好きだったんです。今夜のこと、忘れるなんてできないですよ」

ムキになっていうと、亮太は先生を抱きしめた。

「だめよ、藤森くん。おねがい、わかって」

先生が身をくねらせていう。押しやろうとする先生の手を取ると、亮太はまだ強張ったままの分身に導いた。

「ぼくも先生におねがいします。これがぼくの気持ちです。ぼくの気持ちもわかってください」

いいながら亮太は先生の手を強引に怒張にこすりつけた。

「そんな、だめよ。藤森くん、やめて」

口ではそういいながら、先生の口調も手を引っ込めようとする力も強くない。それどころか拒絶も抵抗も形ばかりで、されるがままになっているという感じだ。

亮太は先生の手を怒張にすりつけながら、乳房に顔を埋めて乳首を吸いたて舌でこねまわした。

「アンッ、だめッ……」

先生が艶かしい声を洩らした。――と、指を怒張にからめてきた。

亮太は乳首を舐めまわしながら、手を先生の下腹部に這わせた。しっとりとした陰毛をまさぐって、その下に手を入れようとすると、先生が内腿を締めつけて拒んだ。

しこって勃っている乳首を、亮太は強く吸った。すると、先生の昂ったような喘ぎ声と一緒にふっと、内腿の締めつけが解けた。

亮太は先生の股間に手を差し入れた。肉びらの間に指を当てがうと、行為のあとティッシュで拭いたにもかかわらず、そこはまたヌルッとしていた。そこを指でこすった。

「アアッ……アアンッ……」

先生がたまらなそうに腰をくねらせて感じた喘ぎ声を洩らす。手もたまらなさを訴えるように、怒張を繰り返し握り直している。

亮太は先生に覆い被さっていって唇を奪った。気持ちのいい感触の唇を分けて舌を入れ、先生の舌にからめていくと、先生もせつなげな鼻声を洩らして熱っぽく舌をからめてくる。それも下腹部に密着している怒張に興奮を煽られてか、腰をうねらせながら。

亮太は唇を離すと、そのまま先生の下半身に軀をずらしていった。先生の脚を開くと、

「そんな、だめよッ」

亮太がしようとしている行為を察したらしく、先生がうろたえていって腰をくねらせた。

「どうして?」

手でしっとりとした陰毛をかき上げながら亮太が訊くと、

「だって、汚れてるのよ。いやよ、やめて」

と、かぶりを振る。

「ぼく、先生なら平気です」

いうなり亮太はクレバスに口をつけた。瞬間、先生が勢いよく息を吸い込むような声を洩らして腰をヒクつかせた。

亮太は舌で肉芽をとらえてこねまわした。とたんに先生の口から泣くような喘ぎ声がたちはじめた。その声がみるみる切迫して、絶頂間近を予感させる感じになってきた。

そこで亮太は顔を上げた。

「ううン……」

先生がもどかしそうな声を洩らして焦れったそうに腰を揺する。

亮太は軀の向きを変えて先生の顔をまたいだ。シックスナインの体勢を取って、両手で先生の肉びらを開いた。

「アンッ、だめッ」

先生がうろたえたような声でいう。

亮太の前にワレメがあからさまになっている。薄いピンク色の粘膜全体が濡れそぼって、肉芽が勃って膨れあがり、その下の貝の身を想わせる秘口が喘ぐように収縮と弛緩を繰り返している。

亮太はそこに舌を這わせた。舌が肉芽に触れた瞬間、絶頂間近まで感じていた先生は達したような喘ぎ声を洩らした。

そのまま亮太が舌で肉芽をこねはじめると、たまらなそうな泣き声を洩らして怒張を手にし、舌をからめてきた。

行為が終わったままの局部を、汚れているといやがっている先生だって、興奮して欲情すれば、そんなことを気にしていられなくなってシックスナインに応じるはずだ。それが亮太の思惑だった。

その思惑どおり、クリトリスを攻める亮太の舌に煽られたように、先生は夢中になって怒張を舐めまわしたり咥えてしごいたりしている。それも先生の秘苑同様、行為のあとティッシュで拭いただけのペニスを——。

クンニリングスとフェラチオの鬩《せめ》ぎ合いになったが、一度射精している亮太はまだ余裕があった。

その最初の射精は亮太にとって、セックスで射精したということでは、およそ半年ぶりだった。というのも半年前にそれまで付き合っていた彼女との関係が破局して、それ以来相手に恵まれず、性欲の処理はもっぱらネットのアダルト動画をネタにしてのマスタベーションだったからだ。

そんな具合だから、欲求不満ということでいえば、滝沢先生と似ていた。その先生は怒張を咥えて、亮太の舌使いに負けじとばかりに泣くような鼻声を洩らしてしごきたてている。

亮太は秘苑から口を離すと、乳房を見やった。その先に、感じていたとおりの先生のようすが見えた。

亮太は指で濡れそぼっているクレバスをまさぐった。膨れあがっている肉芽を片方の手の人差し指で撫でまわしながら、一方の手の中指を秘口に挿し入れて蜜壺をこねた。

先生が呻くような声を洩らして怒張から口を離した。

「だめッ、それだめッ、我慢できなくなっちゃう……」

腰をくねらせながら怯えたようにいう。

「すごいッ。先生のここ、締めつけてきてますよ」

亮太は興奮していった。さっきペニスを挿入したときは、先生とははじめてということもあって舞い上がっていて、それにほとんど動いていたため、かなり窮屈だと感じたものの、いまのようにジワッと繰り返し指を咥え込むような、エロティックな動きには気づかなかったのだ。

「アアッ、だめッ。イクッ、イッちゃう！」

それを必死にこらえていたような先生が、たまりかねたようにいうなり軀をそらしてわななかせた。

亮太は起き上がると、昂った表情で息を弾ませている先生を抱き起こした。

「先生、四つん這いになってください」

「え？　いや……」

先生は戸惑ったようすでいった。

「バックでしたいんです。先生、バックきらいですか」

「そんな……」

先生はますます戸惑ったようすで顔をそむけた。

「きらいじゃなさそうですね。よかった。さ、四つん這いになってください」

亮太は勝手に決めつけて、先生を抱えるようにしてうながした。いきり勃っているペニスが腰のあたりに触れて先生が軀をヒクつかせ、「いや」とふるえ声を洩らした。が、亮太にうながされるまま、四つん這いの体勢を取った。

その後ろにまわった亮太は、先生の背中を手で押さえていった。

「先生、上体を伏せて、尻をぐっと突き上げて」

「ああ、いや……」

先生は恥ずかしそうな声でいって身をくねらせる。が、おずおずというようすで亮太がいったとおりの体勢を取った。

色っぽく熟れた白い尻が、さらにその形状を強調して挑発的ともいえるほど煽情的な眺めを呈している。

それだけではない。開いているた尻朶の間には、口をすぼめたような赤褐色のアヌスと、その下に逆さから見た状態の肉びらが露呈しているのだ。

それを目の前にした亮太は、興奮と欲情のあまり軀がふるえそうだった。いきり勃っている怒張に甘美なうずきが押し寄せてヒクついていた。

先生は腕を組んだ格好で手の上に額を押し当てている。声もなく黙ったままだが、たまらない羞恥に苛まれてじっとしていられないらしい。ヒップを微妙にうごめかせている。

さらにそれ以上にエロティックな反応を、先生は見せていた。亮太の視線を感じてだろう。アヌスがキュッと締まったり、ふっと緩んだりしている。

亮太はゾクゾクしながら怒張を手にすると、亀頭を肉びらの間にこすりつけた。ヌルッとした感触のうち秘口を探り当てると、押し入った。

「アンッ」

熱いぬめりの中に怒張が滑り込むと同時に先生が驚いたような声を発した。そのまま奥まで侵入すると、

「アア――ッ！」

感じ入ったような声を洩らした。

亮太は官能的なひろがりを見せている先生の腰に両手をかけると、怒張をゆっくりと抜き挿しした。それに合わせて先生が感じた泣き声を洩らして亮太の興奮を煽る。

腰を使いながら、亮太は下腹部を見た。愛液にまみれた肉棒が、秘口の粘膜をめくったり押し込んだりしながら出入りしている。

はじめての行為では当初、先生の膣はかなり窮屈な感じがしたけれど、いまそれはない。といって緩いわけではなく、ジャストフィットという感じで、その秘粘膜で怒張がくすぐられる。

先生も快感が高まっているようだ。感泣するような声を洩らしている。その声も、それに艶かしい背中を見せて尻を突き上げているその体位も、亮太を刺激して怒張をうずかせる。

「ああ、気持ちいいッ。先生は――?」

「わたしもよッ。いいわッ、気持ちいいッ」

亮太の問いかけに、先生は息を弾ませて答えると、

「アアッ、でも、もう無理、イッちゃいそう……」

怯えたようにいう。

「イッちゃってください。ぼく、まだ大丈夫ですから、何回も先生をイカせてあげますよ」

亮太は先生の尻肉を両手でわしづかむと、激しく突きたてた。

とたんに先生は昂った喘ぎ声をあげながら昇りつめていって、軀をわななかせた。

第二章　熟れためざめ

1

目が覚めて、室内の明るみからして昼間だとわかった。日曜日なのであわてることはないけれど、ナイトテーブルの上の目覚まし時計を見て驚いた。十二時前だった。

しかも全裸にバスローブをまとった格好だった。

起き上がってベッドから出ると、カーテンを開けた。瞬間、眩しさに眼をつむった。ゆっくり眼を開けると、秋への季節の移ろいを感じさせる青く澄んだ空の下、まだ残暑を引きずっているような陽差しが、前方にひろがっている住宅街に降り注いでいた。

凜子は当惑した。その見慣れた風景が、どこかべつの知らない場所のそれのように見えたからだ。

そればかりか、自分を取り巻いている空気までも、いままでとはちがって感じられた。

――ひとつの出来事で、こんなにも世界が変わってしまうものかしら。

ふと、そんな感慨が胸をよぎった。

藤森亮太と思いがけず関係を持ってしまった昨夜――というより日付けは今日だが、明け方の四時すぎになってようやく、藤森は帰っていった。

すんなり帰ったわけではなかった。凜子が帰そうとすると、藤森は泊まっていくと言い張ってきかなかった。

だが凜子にしてみると、泊めるわけにはいかなかった。教え子を亡き夫と暮らした自宅に入れて関係を持った。しかも二度にわたって。そのうえ泊める――ということになると、罪悪感のあまり自分のしていることが恐ろしくさえなった。

ところが藤森は、凜子が繰り返す「おねがいだから帰って」という懇願を、まったく聞き入れなかった。そればかりか、凜子と言い合った挙げ句、

「じゃあ今日は帰るけど、そのかわりまた逢ってくれるって約束してよ。約束してくれたら帰るよ」

そういって迫ってきたのだ。

凜子にとって、そんな約束などできるはずもない。けれども藤森を説得する術もない。困窮していると、藤森が抱きついてきた。

ふたりは二度目の行為のあと、全裸でラグマットの上で横になっていた。「だめ」と凜子はあわてて藤森を押しやり、

「わかったわ。とにかく、今日は帰って」

苦し紛れにいった。

「ホントだね、約束だよ」

藤森は弾んだ声でいうと、やっと凜子の頼みを聞き入れた。

二度目の行為が終わってから藤森の凜子に対する言葉遣いは、それまでとちがって馴れ馴れしいものになってきていた。

凜子はバスローブをまとって藤森を送り出した。ひとりになると、茫然自失の状態に陥った。自分がしてしまったことについても、それでこれからどうなるのかということなども、なにも考えられなかった。

それに疲れきっていた。シャワーを浴びる元気さえなく、ベッドに倒れ込むとすぐに抗しがたい睡魔に襲われて、深い眠りに引き込まれていった。それも疲れが久しくなかったセックスによる疲れだったため、心身ともに満ち足りた心地よさにつつまれて――。

凜子は寝室を出た。キッチンにいこうとしてリビングルームを通っていると、ラグマットのまわりに散らかったままになっている自分の服や下着が眼に入り、藤森との情痴が頭をかすめて軀が熱くなった。

それを振り払うようにしてキッチンにいくと、冷蔵庫からミネラルウォーターを取り出してグラスに注ぎ、飲み干した。

それから浴室に向かった。洗面所兼脱衣場に入り、鏡の前に立ってバスローブを脱ぎ落とした。

鏡に写っている裸身が、さきほどの風景と同じように、自分ではなく他人のそれのように見えた。

凜子は自分でもプロポーションはいいほうだと思っている。それが他人の裸身のように見えたのは、いつもよりもみずみずしく輝いているように感じられたからだった。

それだけではない。とりわけ、お椀型をしてやや上向きに反りぎみの乳房や、スムーズなウエストラインから官能的にひろがっている腰部や、下腹部の、凜子自身少し濃いのではないかと気にしている黒々としたヘアなど、いやらしいほど生々しく見える。

凜子は軀が熱くなり、息苦しくなってきた。そんな裸身を見ているうちに、脳裏に昨夜の藤森との情痴がまざまざと浮かんできたからだった。

昨夜のことは凜子自身、完全に夢の中の出来事のようにしか思えなかった。どこからか自分の意思を離れてことがすすんだかのようだった。

もっとも意思を失っていたわけではない。凜子自身、久々に異性を相手して異常なほど興奮し欲情してしまったのは、否めない事実だった。そのうえ我を忘れて快感を貪ったのも。

藤森との二度の行為のうち、一度目は三年以上セックスから遠ざかっていたせいだろう、凜子にとって当初は行為をすんなり受け止められなかった。それでも途中から軀が、というより膣がペニスに馴染んできて、そこからは歓喜のあまり涙を流すほど感じてしまった。

それだけに二度目は、いま思い出しても顔が火照るほど凜子は乱れた。それも獣の交尾を想わせる後背位で藤森を受け入れたのが、そのきっかけになった。

若い藤森はいちど精を解き放ってその余裕もあってか、恐ろしいほどタフだった。後背位で凜子をたてつづけに絶頂に追い上げると、つぎには女上位、最後は正常位と体位を変えて、それも延々行為をつづけて、ようやく二度目の精を放った。

後背位と同じくらいかそれ以上に凜子が乱れたのは、女上位のときだった。下から藤森の怒張で貫かれてじっとしていられず、腰を振ると、怒張の先と子宮口がこすれ合って、泣かずにはいられない快感に襲われた。

そのため、いやらしい、はしたないと思ってもひとりでに腰が激しく律動してしまい、それで体奥ばかりかクリトリスもこすられてますますたまらなくなり、凜子は自分から藤森の両手を乳房に導いて揉ませ、泣いて快感を訴えた。

そして藤森が正常位で突きたててきながら吐精するまでになんど達したかわからなかった。最後にイクと同時に失神したほどだった。

そんな情痴を思い出しているうちに、凜子は軀が火照ってうずき、息苦しくなってきた。

鏡に映っている裸身が、よけいに生々しく、いやらしく見える。乳首がはっきり勃起しているのがわかった。

凜子は浴室に入った。シャワーの湯を頭から浴び、火照っている軀にかけた。飛沫が乳首に当たっただけで、ゾクッと軀がふるえて喘いだ。

シャワーを股間に当てれば、すぐにもイッてしまいそうだった。ボディソープを手に取って軀に塗っていった。股間に手を這わせて塗りつけていると、ソープにまみれた手で膨れあがっているのがわかるクリトリスやうずいている膣口をこすることになって、たまらない快感に襲われる。

凜子はもう我慢できなかった。

「アアッ、いい……」

ふるえ声でいうと片方の手を浴室の壁について、股間に差し入れている手を使った。

2

昼すぎに起き出してシャワーを浴びたあと、カップヌードルで遅い昼食をすませたところだった。

インターフォンの音を聞いて、亮太は胸が高鳴った。

——まさか先生が!?……そりゃあないか。

期待と否定的な気持ちが交錯した。インターフォンの受話器を取って、返事をすると、

「わたし、美由希《みゆき》……」

という声が返ってきた。

「美由希!?……」

亮太は戸惑った。半年ほど前に別れた相手だった。

——美由希がどうして?……。

不審に思いながら、亮太は玄関にいってドアスコープを覗いた。美由希が立っていた。亮太はドアを開けた。

「どうしたんだ?」

「ごめんね。急に逢いたくなっちゃって。でも、もし留守だったら帰ろうって思いながらきちゃったの。迷惑だった?」

猫に似た顔立ちに、亮太の反応をうかがうような表情を浮かべて訊く。

「いや、べつに……」

急に逢いたくなったという理由がわからないだけに、亮太のほうも探るような気持ちでいった。

「じゃあちょっと、お邪魔していい？」

美由希がホッとしたようにいう。

「ああ……」

亮太は美由希を中に入れた。ワンルームマンションの一室なので、玄関を入って部屋に上がると、若い独身男の室内全体が一目で見える。

「久しぶりだけど、変わってない……」

美由希が懐かしそうに室内を見回していう。亮太と付き合っているとき、彼女はなんどもこの部屋にきたことがある。

「相変わらず、散らかってるだろ」

亮太が苦笑いしていうと、

「でも、これくらいフツーじゃない」

美由希も笑う。

「どこか座って。なに飲む？　といってもあるのは、コーラかアイスコーヒーぐらいしかないけど」

「じゃあコーラをいただくわ」

ベッドに腰かけて美由希がいう。亮太は数歩先にある冷蔵庫までいくと、コーラを取り出した。

——それにしても、一体どういうつもりなんだ？

コーラをグラスに注ぎながら、亮太は不審に思った。

美由希は亮太より一つ年下の二十二歳だ。今年の春女子大を卒業して、通販会社に勤めている。

ふたりが出会ったのは、一年半前で、共通の友人を通してだった。だから半年前に別れるまで、それからちょうど一年ほど付き合っていたことになる。

別れた原因は、美由希に好きな男ができたからだった。相手は三十すぎの妻子持ちの男で、不倫の関係だった。

美由希からその男のことを聞かされたとき、亮太は憤った。美由希を激しく罵《のの》った。それに対して美由希はひたすら謝るだけで、気持ちが亮太にもどることはなかった。

ところが亮太の気持ちも意外に早く醒めた。もともと美由希のことは好きだったが、付き合っているうちに亮太としてはセックスフレンドだという思いが濃くなってきていたからだった。それでそれなりに諦めがついたのだ。

それから半年経っていることもあり、さきほど顔を合わせても亮太の気持ちは波立つこともなく、平静でいられた。

ふたつのグラスを手にしてもどってきた亮太は、ひとつを美由希に渡すと、一瞬ベッドかラブソファかどっちに座るか迷った。結果、美由希はどうしてラブソファじゃなくてベッドに座ったんだろうと思いながらローテーブルを引き寄せると、彼女の横に腰かけた。亮太自身は迷ったものの、そのことにとくに意味はなかった。

美由希と一緒にコーラを飲んでから、亮太は訊いてみた。

「急に逢いたくなったなんて、どうしたんだ？　なにかあったのか」

美由希はグラスをローテーブルの上に置くとうつむき、わずかに膝が覗いているフレヤースカートの裾を指で触りながら、

「わたし、二カ月くらい前に彼と別れちゃったの。それからずっと亮太のこと考えてて、ううん、彼と別れるちょっと前からそうだったんだけど、それで逢いたくなっちゃって……」

どこか言い訳するようにいう。

「なんで別れたんだ？」

「いけないと思ったんだけど、彼の携帯、見ちゃったの。そうしたら子供とか家族とか、楽しそうに写ってる写真がいっぱい入ってて。それも前のものだけじゃなくて、最近のものまで。それ見たらわたし、スーッと醒めちゃって。彼、わたしには家庭がうまくいってないっていってたの」

「ウソをついてたわけか」

「そう。彼にとってわたしは、都合のいい浮気相手だったの」

「でも美由希は彼のこと好きだったんだよな。ていうか好きになったから、そんなウソをつく男だって見抜けなかったってことか」

「それもあると思うけど、わたし、年上の人と付き合ってみたいって願望があったの。ファザコンってわけじゃなくて、甘えたがり屋だから」

「甘えたがり屋は、確かにそうだな」

亮太がいうと、美由希は苦笑した。そして、なぜか妙に艶めいた眼つきで亮太を見て、

「ホントのことというと、彼のウソに気づく前に、わたし失望してたの」

「失望？」

美由希はうなずくとグラスを取り上げてコーラを一口飲んだ。そしてまた、亮太を艶かしい眼つきで見て、

「彼、亮ちゃんより年上なのに、セックスは全然上手じゃないの」

亮太は唖然とした。

「だけど、短期間でも付き合ってたんだろ？　我慢して付き合ってたのか」

「付き合ってはいたけど、セックスははじめのころ三回くらいしただけで、あとはわたしのほうが避けてたの」

美由希は言い訳するようにいう。

——なんだそれ!?　好きな人ができたといって俺と別れた結果がそれかよ。

亮太は胸の中で毒づいた。そして思った。

——まさか、それで俺に逢いにきたのは、ヨリをもどそうってことか!?

内心当惑していると、美由希がそっともたれかかってきた。

「亮ちゃん、わたしのこと、許して。わたし、やっぱり亮ちゃんがいい、亮ちゃんが好き……」

美由希自身認めているとおり、甘えた口調で懇願し訴える。

亮太はあわてぎみに思った。

——よりにもよって、このタイミングでかよ。

もとより美由希のことはセックスフレンドとしてしか思っていない。昨日の滝沢先生とのことがなければ、亮太にとっては都合のいい女だ。拒む理由はない。

ところが亮太は滝沢先生と関係ができたことで、先生のことがますます好きになっていた。それも先生の熟れた軀が、なにより先生とのセックスが、一夜にして忘れられないものになっていた。

そんな亮太に、美由希を受け入れる余地はなかった。

にもかかわらず、さっきから亮太は困惑していた。もたれかかってきている美由希が、たぶん故意にそうしているのだろうが、バストを亮太の腕に押しつけて、手でスウェットのズボン越しに彼の内腿を思わせぶりに撫でているのだ。

美由希は小柄だがグラマーな軀をしていて、バストはボリュームがあるうえにゴムまりのように張っている。

ふたりが着ているものは、美由希がフレヤースカートにサマーニットの半袖セーター。亮太がスウェットのズボンに半袖のTシャツだ。薄手の着衣に腕が露出しているため、その重たげに張ったバストが腕に生々しく感じられ、それにくわえて内腿をくすぐられると、若い亮太の肉棒は、昨夜滝沢先生の中に二度も射精したことも忘れてしまったかのように充血し、強張ってきているのだった。

「亮ちゃん、わたしのこと、もうきらい?」

美由希が訊く。亮太にとっては、好きもきらいもない。

「べつに……」

言葉を濁すと、

「じゃあキスして」

美由希がいった。見ると、顔を仰向けて眼をつむっている。ピンク色のルージュを引いた唇がわずかに緩んで亮太を誘っていた。

亮太は唇を重ねた。すると美由希が亮太の首に腕をまわして、舌を入れてきた。甘い鼻声を洩らして舌をからめてくる。亮太もそれに合わせて舌をからめた。すぐに貪り合うような濃厚なキスになった。亮太は美由希の舌を味わいながらもためらっていた。昨日の今日だけど、今夜先生のところに押しかけてみようか、今夜じゃなかったら明日にでも、などと考えていたのだ。

それがここで美由希とセックスしたら、今夜は当然無理だし、明日だって三連チャンということになって、さすがにかなりキツイ……。

昨夜、先生のところからもどってきて、亮太は考えたのだ。

先生といい関係をつづけるためには、先生が俺とのセックスの虜になるようにしなければいけない。そのためにはセックスのたびに先生をイキまくらせて充分満足させることだ。熟女の先生をそうするのはけっこう大変だろうから、こっちは体調をよくしておかなければいけない、と。

ところがそんな考えや思いはどこへやら、スウェット越しに美由希の手で撫でまわされているペニスは、もう強張りの域を超えて硬直している。

「亮ちゃん、すごい!」

唇を離して美由希がいった。声が弾み、猫に似た顔には興奮の色が浮きたっている。

美由希が滑るようにしてベッドから下り、亮太の前にひざまずいた。スウェットの露骨な盛り上がりを、キラキラした眼で凝視したまま、勝手にスウェットを脱がしにかかる。

「おい、どうすんだよ」

わかっていて、亮太はいった。

「亮ちゃんのジュニアに、お久しぶりの挨拶をするの。お尻上げて」

美由希が苦笑いしている亮太に悪戯っぽく笑いかけていう。仕方なく亮太が腰を浮かせると、スウェットをパンツごと引き下げた。

ブルンと怒張が弾んで露出して、「アアッ」と美由希が昂った声を洩らした。

そしてスウェットとパンツを亮太の脚から抜き取ると、股間に顔を埋めてきた。

3

亮太はフェラチオに熱中している美由希を見ていた。

彼女の舌で舐めまわされたり口腔でしごかれたりするのは快感だが、必死にこらえなければならないほどではなかった。昨夜、先生の中に二度射精したぶん、快感に対して余裕があった。

美由希のするに任せて、亮太は彼女のセーターを脱がしにかかった。美由希は行為を中断して脱がすのに協力した。セーターと一緒にロングヘアが持ち上がって、さらりと背中に落ちると、また怒張を手にして舌をからめてくる。

美由希は上半身、ピンク色のブラだけになっている。乳房の膨らみがブラカップからこぼれそうだ。

亮太はふと、美由希と不倫関係にあった男のことを思った。

「その年上なのにセックスが上手じゃない彼は、モノはどうなんだ？」

「フツーって感じだけど、亮ちゃんよりちっちゃい」

美由希は手で怒張をしごきつつ、それを見ながらいった。

「それよりか、まだ三十四なのに勃ちがよくなくて、それでいて早漏ぎみなの」

「最悪だな。美由希がいやになった一番の原因は、それじゃないのか」

美由希は亮太を見上げると、ふっと謎めいた笑みを浮かべた。そしてまた、手でしごいている怒張を見ながら、

「でね、そのせいだと思うんだけど、刺激的なことをしたがって変なことをしたり、わたしにエッチなことをさせたりするの」

「なに？　どんなこと」

「恥ずかしい格好に縛っていやらしいことをするとか、オナニーさせたりとか」

「したのか⁉」

亮太はカッと熱くなり、気負って訊いた。

「だって、そのときはまだそれほどいやになってなかったから……」

仕方ないでしょ、といわんばかりの美由希の口調に、亮太は激昂した。美由希にそんなことをさせたことはなかったからだ。

美由希を立たせると、いくらか手荒くフレヤースカートを脱がした。美由希は甘ったるい声を洩らして腰をくねらせただけで、されるがままになっている。

小柄でグラマーだが、美由希の軀は均整が取れている。バストとヒップ以外はほっそりしていて、ウエストがくびれているせいだ。

肌色のパンストの下にブラと同じピンク色のショーツが透けて見えている。ショーツは両サイドが紐になっているところからして、美由希がよく穿いているTバックだろう。亮太は立ち上がって美由希を後ろ向きにした。想ったとおり、Tバックだった。

激昂したときから亮太は激しく欲情もしていた。その下にバレーボールを二つ並べたような尻のまるみを透けて見せているパンストを、乱暴に引き下げた。

「いやン」と美由希がまた甘い声を洩らして白いまるみを振る。

亮太は、すらりと伸びた脚からパンストを抜き取った。さらにブラを取り去ると、美由希をベッドに上げて仰向けに寝かせた。

美由希はピンク色のショーツをつけただけのグラマーな裸身を隠そうともせず、興奮した表情で亮太の怒張に見入っている。

そんな美由希を見ながら亮太はTシャツを脱いで全裸になった。

「で、そいつの前でオナニーしたとき、美由希はどうだったんだ？　本気で感じたのか」

ショーツを脱がしながら訊くと、美由希は亮太から顔をそむけて、

「はじめは格好だけで、演技しちゃえばいいって思ってたんだけど、でも、してるうちにそう……」

躯をくねらせていいにくそうにいう。だがその顔に浮かんでいるのは、どう見ても興奮しているとしか思えない表情だ。

亮太は不意に思った。

——美由希の奴、最初から俺を挑発しようとしてやがったんだ。

いまになってそのことに気づいたが、もはや遅かった。思考力でいきり勃っている若い欲棒を抑えることは不可能だった。

亮太はいった。

「じゃあ、俺の前でもオナニーして見せろ」

「え!?　そんなァ、やだァ……」

美由希は黄色といわれる種類の声をあげた。演技にしか思えない反応だ。

「亮ちゃん、本気でいってるの？」

そうだという答えを期待しているような表情で訊く。

「マジに決まってるだろ。ほら、そいつの前でしたのに、俺の前じゃできないってのか。してみろ」

「うん、やだ……」

美由希はすねたようにいったが、また亮太から顔をそむけると、ゆっくり両膝を立てた。そして、おずおず開く。

その両脚の間に座った亮太の前に、美由希の秘苑があからさまになっている。

美由希はヘアが薄い。恥丘の上にモヤッと生えているだけで、そのぶん土手高のそこが目立つ。その下の割れ目は、ピンク色の薄い唇が合わさっている感じで、生々しさはあるものの、淫猥さはさほど感じられない。

亮太はふと、滝沢先生のそこを思い浮かべた。先生のそこは、ヘアが濃くて肉びらがまさに熟している感じの色や形をしていて、生々しくていやらしい。それで欲情をかきたてられるのだ。

そんな先生の秘苑と美由希のそこを比較して、対照的だなと思っていると、美由希の手が下腹部に伸びてきた。

「やだ、見ないで……」

ふるえ声でいうと、その手が秘苑に這って、中指が薄い肉びらの間に分け入った。

指が割れ目を上下にゆっくりこする。

「アン……ウン……アアン……」

美由希がきれぎれにせつなげな声を洩らす。

亮太は視線を上げて美由希を見た。片方の手でボリュームも張りもある乳房を揉んでいる。顔は横を向いて悩ましい表情を浮かべている。

亮太がふたたび股間に眼をやると、美由希の指がクリトリスをまるくこねていた。これては割れ目をこすったりもしている。指の動きによって見え隠れしているサーモンピンクのクレバスは、クチュクチュと音が立ちそうなほど濡れて光っている。

「アアッ、いいッ……たまンないッ……アアンッ、気持ちいいッ……」

美由希が昂った声で快感を訴える。言葉どおり、たまらなくなってきているようだ。ときおり、そんな感じで腰をうねらせている。

「ウウン、もうイッちゃいそう……亮ちゃん、イッてもいい？」

手の動きを速めながら、息せききっていう。

「いいよ、イッてみろ」

亮太がけしかけると、美由希は指でクレバスをこすりたてた。

「だめッ、ああイクッ、イッちゃう……イクイクーッ！」

怯えたようにいったかと思うと、両脚を締めつけてピーンと伸ばし、よがり泣きながら絶頂を告げてのけぞって腰を律動させる。

亮太はオルガスムスが収まるのを待って、それでもまだ興奮した表情で息を弾ませている美由希を抱き起こした。

「考えてみたら、美由希ってけっこうマゾッ気があるみたいだったから、縛られたときも感じたんじゃないか」

そういいながら両手を背中にまわさせると、パンストで手首を縛った。

それは美由希が不倫相手の男に縛られたと聞いたとき、亮太が思ったことだった。実際、思い返すと、亮太とのセックスでも美由希はときにマゾッ気を感じさせるような反応を見せていた。

美由希は黙って小さくうなずいた。図星だったらしい。

「じゃあそれ見て、相手も興奮しただろう」

亮太が訊くと、かぶりを振った。

「あまり変わらなかったの。それでわたし、バカにされたみたいな気持ちになっちゃって……」

憤慨したようすでいうのを聞いて、亮太はふと思った。

「そこでもしそいつが興奮しまくってたら、美由希もハマッてしまって、別れられなくなってたんじゃないか」

「……それはわかんないけど、でもいまは彼があまり興奮してくれなくてよかったって思う。ハマッてたら困っちゃう」

ちょっと考えてからいって、美由希は苦笑いした。

「じゃあいまだってそうだろう。俺とこんなことをしてハマッちゃったら、どうする？」

いうなり亮太は美由希の股間に手を差し入れた。

「ウンッ、だめ」

戸惑ったようすの美由希を仰向けに寝転がすと、脚を割り開いた。

「アアン、や〜ッ」

嬌声をあげる。後ろ手に縛られているので拒むことはできない。というより本気で拒もうとする気があれば、軀を輾転《てんてん》とさせたり脚で蹴飛ばそうとしたりして暴れることはできるだろうが、もとよりそんな気はない美由希はただ弱々しく身悶えるだけだ。

それればかりか、早くもその顔には亮太がこれまで見たことがないような、どこか妖しげな興奮の色が浮きたっている。それに息が乱れている。

亮太は自分の両膝で美由希の両脚を押しひろげておいて、秘苑に手を這わせた。ヒクッと美由希の腰が跳ねた。

指で肉びらの間をまさぐると、コリッとした肉芽の感触があった。クリトリスが勃って膨れあがっているのだ。それを指でこねてやると、

「アンッ……アアッ……アンッ、だめッ……ウウンッ……」

美由希は感じ入ったような声を洩らしながら、繰り返し胸を反らして豊満な乳房を揺らす。

「オナニーとこうやって弄《いじ》られるのと、どっちがいい？」

嬲《なぶ》りながら亮太が訊くと、

「こっちッ……アアンッ、たまんないッ、またイッちゃいそう……」

泣き声で怯えたようにいう。たまらなさを訴えるように腰をうねらせながら。

亮太は一方の手も動員して、中指を蜜壺に挿し入れた。美由希が呻くような声

を洩らしてのけぞった。苦悶の表情を浮かべている。

亮太は蜜壺の指を抽送して、同時に肉芽を指でこねた。

「アアッ、それだめッ、だめだめッ……」

とたんに美由希がうろたえたようにいう。

美由希の蜜壺の具合はわるくない。濡れそぼっていても、それに指一本でも、ほどよい窮屈感があって、秘めやかな粘膜が指にからみついてくる感じだ。

感じやすくなっている美由希は、クリトリスと膣の同時攻めにはひとたまりもなかった。一気に昇り詰め、よがり泣きながら軀を反らしてわななかせた。

亮太は腰を美由希の股間に進めると、怒張を手に亀頭で割れ目をなぞった。

「ああん、だめッ……きてッ」

美由希が悩ましい表情を浮かべて焦れったそうに腰をうねらせながら、昂った声で求める。

「きてって、どういうことだよ」

亮太は亀頭でヌルヌルしているクレバスをこすりながら、わざと訊く。

「ううん、入れてッ」

「なにを?」

「アアン、亮ちゃんのそれッ」

「それじゃあわかんないよ。俺のなにをどこに入れてほしいのか、ちゃんといってみろ」

「やだ……アアッ、亮ちゃんのペニス、わたしの中に入れてッ」

「だめだ。そんなかっこつけた言い方じゃ入れてやれない。もっといやらしい言い方でいってみろ」

「そんなァ……焦らしちゃいやァ」

「だったらいえよ。いうまで入れてやんない」

「だめ～……アアン、亮ちゃんの×××、わたしの××××に入れてッ」

「いやらしいなァ。美由希がそんないやらしいことをいってほしがるなんて信じられないよ」

「いやッ、いわないでッ」

美由希が恥ずかしくてたまらなそうにかぶりを振り、打って変わって興奮しきった表情で腰を揺すって求める。

「アア～ン、早くゥ、入れて～」

さんざん焦らした亮太にしても、美由希の卑猥な言葉に興奮を煽られて、もう欲情を抑えられなかった。これまで美由希にこんなことをいわせたことはなかったのだ。

亮太は押し入った。怒張が蜜壺に滑り込むと、美由希は一瞬息を呑んだようなようすを見せ、そしてのけぞると感じ入った声を放った。

4

凜子は悶々としていた。

そんな日が三日もつづいていた。

最初は、藤森亮太と関係を持ってしまった翌日の夜だった。

――ひょっとして藤森が押しかけてくるのではないか。

ふとそう思ったら、うろたえて落ち着いていられなかった。そればかりか、もしきたらと思うと、前夜のことが頭に浮かんで軀が熱くなった。そのことにますますうろたえると同時に、そんな自分が腹立たしくてならなかった。

その夜、藤森はこなかった。

翌日、出勤すると、藤森と関係を持ってから一夜明けた、あの昼前と同じように、見慣れた校内や職員室や教室などの景色や空気がちがって感じられた。もちろん気のせいだとわかっていた。それでもいままでにないことにはちがいなかった。

どうしてそんなことになるのかも、凜子はわかっていた。藤森のことが頭から離れないからだった。

ただ、教壇に立っている間は、どうにか忘れていられた。

だがひとりになると、また頭から離れなくなってしまうのだった。

帰宅すると、前日よりも落ち着かなかった。藤森にこられたら困る。そう思いながらも胸が息苦しいほど高鳴っていた。

胸の高鳴りの正体について、凜子は考えないように努めた。考えたくなかったし、なにより知りたくなかったからだ。だが裏を返せば、それは知っている、わかっている、ということでもあった。

その日も藤森はこなかった。電話もなかった。それで安堵する一方、前夜もそうだったが、なかなか寝つけなかった。軀が火照って、たまらないほどうずくからだった。

四日目を迎えたこの日、もはや凜子は自分をごまかすことはできなかった。本当は、胸の高鳴りはときめきからきていて、藤森がくるのを待ち焦がれているのだ。さらにいえば三日前の夜のような、身も心も焼き尽くされるような情事におぼれたいと思っているのだった。

けれども、こんなに狂おしい思いにかられているというのに、今夜も藤森がくるかどうかわからない。

そう思うと凜子は腹立たしくなった。そして、自分の中にそんな感情が生まれたことに当惑した。

凜子の携帯が鳴ったのは、ちょうど夕食の後片付けを終えたときだった。凜子は心臓が止まるかと思った。藤森からだった。

「はい」といって凜子は電話に出た。平静を装って抑えたつもりの声がうわずった。

「こんばんわ、藤森です。先生、これからいってもいいですか」

弾んだような声が返ってきた。

「え!? そんな、突然、だめよ」

凜子はしどろもどろしてしまった。

「逢いたいんです。もっと早く逢いたかったんですけど、今日やっと時間がとれたんです。おねがいします、逢ってください」

「そんなことといわれても、困るわ」

「じつはぼく、もう先生の部屋の前にいるんです。おねがいです、入れてください」

「そんな――！」

凜子は絶句した。高鳴っていた心臓の鼓動がさらに激しくなって、呼吸するのが苦しい。

「先生、ドアを開けてください」

凜子は追い詰められた気持ちになった。藤森が他の入居者に見られたらと思うと、気が気ではなかった。

仕方なく玄関までいって、ドアスコープを覗いてみた。藤森がいた。会社の帰りらしく、スーツ姿だった。

凜子は激しい心臓の鼓動に襲われながら、ドアチェーンを外した。ついでロックを解除すると、ドアを開けた。

藤森がドアを引いて素早く入ってきた。後ろ手にドアを締めてロックしたらしく、コトッという音がした。

うのを感じた。

その音を耳にした瞬間、凜子はかろうじて自分を支えていた理性が崩れてしま
「失礼します」

藤森は弾んだ口調でいって勝手に凜子の自宅にあがり、奥に入っていく。凜子のほうがあとにつづく格好になった。

リビングルームに入ると、藤森はソファに鞄を置いて向き直り、真ん中あたりで立ち尽くしている凜子のほうにやってきた。

向き合うと、凜子は藤森をまともに見ることができなかった。勝手に押しかけてこられたら迷惑だとか、帰ってとか、この状況にふさわしいことをいわなければいけないとは思うものの、口に出すことができないままうつむいて、激しい動悸に襲われていた。

藤森が黙って凜子の肩に両手をかけた。息を呑むと同時にビクッと軀が撥《は》ねた。

「だめッ」

抱き寄せられて、凜子はいった。軀を硬くしただけで抗うことができず、声も拒絶には程遠い、か弱いものになった。

藤森がキスしてきた。凜子は顔を振って逃れようとした。それも形ばかりのた

め、すぐに唇を奪われた。しかも藤森の唇を感じたとたん、ふっと軀の力が抜けた。

藤森が舌を入れてからめてくる。粘膜が触れ合うエロティックな感覚によってせつなくなるような性感が生まれて、ひとりでに鼻声が洩れる。凜子も舌をからめ返した。からめ方が藤森以上に熱っぽくなり、ねっとりしていくのを抑えられない。

濃厚なキスをつづけながら、藤森が乳房を揉む……。

凜子はルームウエア用の柔らかい生地のトレーナーとタイトなスカートをつけていた。

藤森を待ち焦がれて、そのぶん過敏になっていた軀は、ブラとトレーナーの上からでも乳房を揉みしだかれるとたまらない性感をかきたてられる。

その性感が下半身にまでおよび、内腿のあたりに甘いうずきが生まれて脚をすり合わせずにはいられない。

そうして腰をくねらせていると、ゾクッと軀がふるえた。下腹部に藤森の強張りを感じたのだ。キスをつづけていられなくなって、凜子は唇を離した。

「アアッ……」

昂りがそのまま喘ぎ声になった。

藤森は興奮しきった表情で息を乱している。凜子も同じだった。顔が強張って息が弾んでいた。

「先生、寝室はどこですか」

藤森が訊く。

「ちょっと、待ってて」

凜子はそういうと藤森のそばを離れ、客間にいきかけてふと思いついてキッチンにいって冷蔵庫を開けた。缶ビールを取り出すと、それを持って藤森のところにもどった。

「飲んで待ってて」

そういって凜子が差し出した缶ビールを、藤森はあいまいな表情でうなずいて受け取った。彼にしてみれば、凜子がなにをしようとしているのかわからないため、そんな表情になったのだろう。

そんな藤森をリビングルームに残して、凜子は客間に向かった。

もし藤森が押しかけてきた場合、こんどは寝室にいきたがるかもしれない。それを許すことは、絶対にできない。

凜子はそう考えていたのだ。寝室には夫と愛用していたダブルベッドがあり、夫の遺影も飾ってあるからだった。

客間は、和室になっている。凜子は押し入れからマットと布団を取り出して敷きのべた。

凜子はふと思った。

――教え子の若い男を自宅に入れて、情事のためにこんなことをしてるなんて……。

とたんに罪悪感に苛まれて、

――なんてはしたない、いやらしい女なの。

そう胸の中で自分を蔑《さげす》んだ。

それでいて、その同じ胸が抑えがたいほどときめいているのだ。それをどうすることもできないのだった。

凜子は客間の壁に張り付けてある、ほぼ全身が映る鏡を見た。

――はしたない、いやらしい女が映ってる……。

そう思ったら、得体の知れない炎で軀を炙られるような感覚に襲われて、鏡から眼をそらして布団を見やった。するとこんどは、ゾクッと秘奥が熱くうずいて軀がふるえ、喘ぎそうになった。

5

亮太が通されたのは、寝室ではなくて客間のようだった。六畳の和室に布団が敷いてあった。

「藤森くん、約束して」

うつむいて立ち尽くしている先生が抑揚のない口調でいった。

「こんなことは、もうこれっきりしないって」

「いくら先生の頼みでも、そんな約束なんてできません。もしできるとしたら、そんなことありえないけど、ぼくが先生のことをきらいになったときかな」

とっさにひらめいたその返事を、内心、なかなかいい返しじゃないかと悦に入りながら亮太がいうと、

「そんな……」

先生は憤慨したような表情を見せた。

怒ったような顔も、先生はきれいだ。というより、ふつうにしているときより

もきれいさが冴えた感じで、思わず見とれてしまう。

先生を見てそう思いながら、亮太は手早くネクタイを解き、着ているものを脱いでいった。

先生は黙って、またうつむいている。硬い表情をしているけれど、憤慨のせいではなさそうだ。緊張しているようにも見えるけれど、それより興奮のせいで強張っているというのが一番当たっている感じだ。そして、落ち着きなく、視線を動かしている。

「アアッ——!」

突然、先生がふるえをおびたような喘ぎ声を洩らした。

亮太がわざとボクサーパンツを一気にずり下げて、その際、強張りが大きく弾んで露出したのを眼にしたからだ。

喘いだあとも、先生は勃起している怒張を凝視している。興奮しきっている感じの顔をして、そこから眼が離せないというようすだ。

亮太はパンツを脱ぎ捨てると、

「先生はぼくが脱がしてあげますよ」

といって先生のトレーナーに手をかけた。

先生はじっとしている。亮太はトレーナーを引き上げて脱がしにかかった。されるがままになっている先生からそれを取り去ると同時に、持ち上がったセミロングの髪がふわりと落ちて、甘いいい匂いが亮太の鼻をくすぐった。

上半身、白い花の刺繍が入っている紺色のブラだけになった先生は、恥ずかしそうに両腕で胸を隠している。

亮太は先生の後ろにまわると、ホックを外してブラを取った。そして、前にもどると、先生はまた両腕で胸を隠していた。亮太はその前にひざまずくと、ウエストの部分がゴムになっているタイトなスカートを、ゾクゾクしながら下ろした。ルームウエアらしい上下に着替えていた先生のスカートの下は、ブラとペアのショーツだけだった。

そのショーツは、刺繍が入っているもののシンプルな形状で、腰部にぴったりとフィットしている。そのため、下腹部の盛り上がりがくっきりして生々しく、亮太の怒張をうずいてヒクつかせる。

そのとき亮太の脳裏に、先日の美由希の裸身が浮かんだ。若い美由希に比べて先生の裸身はピチピチはしていないけれど、そのかわり全体的に官能的に熟れた感じがあって、見ているだけで息苦しくなるほど色っぽい。

亮太は先生を抱き寄せた。怒張が下腹部に突き当たったせいだろう。先生が昂った感じの喘ぎ声を洩らした。亮太のほうは先生の裸身を感じて興奮し欲情を煽られた。

亮太は唇を奪った。先生は小さく呻いただけでキスに応じた。亮太が舌を入れてからめていくと、最初はされるがままになっていたがすぐに先生のほうからも舌をからめてきた。

それればかりか亮太に抱きついてくると、せつなげな鼻声を洩らして腰をくねらせ、下腹部を怒張にこすりつけてきながら、亮太よりも熱っぽく、ねっとりと舌をからめてくる。

そのまま亮太は先生におおいかぶさるようにして布団の上に倒れ込んだ。唇を離して上体を起こすと、先生の両腕が胸を隠した。その両腕を胸から剝がしてバンザイの格好に押さえ込むと、先生が喘いで顔をそむけた。

真下で美乳が喘ぐように上下しているのを見て亮太はふと、先日美由希の両手を縛ったことを思い出して、先生にも同じことをしてみたい衝動をおぼえた。だが瞬時に思い直した。そんなことをしたら変態だと思われて、きらわれる。やめておいたほうがいい、と。

刺激的な衝動をぶつけるように、亮太は乳房にしゃぶりついた。先生が驚いたような喘ぎ声を洩らしてのけぞった。

亮太は両手で乳房を揉みたて、一方の乳首を口で吸ったり舌で舐めまわしたりした。先生がきれぎれに泣くような喘ぎ声を洩らす。明らかに感じているとわかる声だ。なにより、その証拠に乳首がしこって勃っている。

裸で触れ合っている先生の軀は、ゾクゾクするほど気持ちがいい。その感触を味わいながら亮太は先生の下半身に移動していくと、両脚の間に座った。

先生のようすを見ると、また両腕で乳房を隠して顔をそむけている。顔には興奮の色が浮きたって、息を乱しながら横を見ている眼には、ときめきのような輝きがある。

亮太はショーツに両手をかけた。ゾクゾクワクワクしながら、ショーツをずり下げていく。先生が恥ずかしそうな喘ぎ声を洩らして両手で下腹部を押さえた。それでもわずかに腰を持ち上げて、脱がせやすくしてくれた。

「そんな！　いやッ、だめッ、見ないでッ」

先生があわてふためいてかぶりを振りたてていった。亮太が脱がせたショーツをひろげて見ているからだ。

「すごい。先生、パンティも濡れてますよ。しかもビチョッとしっかり」

「いやッ、いわないでッ」

顔を赤らめてなおをかぶりを振り、じっとしていられないように軀をくねらせる。

淑やかな先生にしてみれば、いたたまれない恥ずかしさだろうことは、そのようすを見るまでもなく亮太もわかる。

それにしても派手な濡れ方だった。ショーツのクロッチの部分には、縦五、六センチの楕円形のシミがベットリという感じでついていたのだ。

「でも、先生がこんなに濡れるぐらい感じてくれていたんだって思ったら、ぼくはうれしいですよ」

いうなり亮太は先生の股間から両手を剝がした。

「だめッ」

先生は両手で顔をおおった。両脚の間に亮太が座っているため、脚を閉じることができず、秘苑があからさまになっているのだ。

亮太は手で濃密な陰毛を撫でながらいった。

「ぼく、この前はじめて先生のここを見たとき、想像してた以上にいやらしかったんで、メッチャ興奮しちゃいましたよ」

「そんな、いやッ……」

両手で顔をおおったまま、先生が羞恥と狼狽が入り混じったような声でいって身悶える。

亮太は手で陰毛をかき上げると、濡れている肉びらを分けた。パックリと肉びらが開くと、先生が息を吸い込むような声を洩らして腰を跳ねさせた。

露呈しているサーモンピンクの秘めやかな粘膜は、女蜜にまみれて濡れ光っている。しかも亮太の視線を感じてか、秘口が生々しい収縮と弛緩を繰り返している。

「先生、膣の入口が、まるでイキモノみたいに動いてますよ」

「いやッ、いやらしいこと、いわないでッ」

先生が腰をうねらせながらいう。声がふるえて、うわずっている。恥ずかしさのせいだけでなく、感じて興奮しているせいでもありそうだ。

「先生、舐めていいですか」

亮太はわざと訊いた。

「いやッ」

先生が戸惑ったような声を洩らす。

「舐めたらいけないんですか」

「そんな……知らないッ」

先生のすねたような反応に、亮太は嗜虐的な気持ちをくすぐられていった。

「じゃあしょうがない。先生が舐めてっていうまで、このままじっと見ていよう」

「そんなァ、いやッ、意地悪しないでッ」

「だって、先生が知らないっていうんだから、仕方ないでしょ」

「ううん、いやッ……ああッ、舐めてッ」

先生が焦れたようにいってから、たまりかねたように腰を揺すって求める。

亮太は先生が口にした「舐めて」という言葉に興奮を煽られて、割れ目の上端の包皮を指で押し上げた。

ツルッと露出した肉芽は、派手に濡れるほどの興奮のせいだろう、すでに膨れていた。

そのピンク色の艶々しい肉芽に、亮太は口をつけた。とたんに先生が達したような声を放って腰をヒクつかせた。

——ここまで出来上がっていれば、イカせるのはわけはない。

そう思いながら亮太は舌を使った。

先生は思ったとおりの反応を見せた。すぐにいまにもイキそうな感じ入ったような泣き声を洩らしはじめ、ビンビンに膨れあがった肉芽を亮太が舌で弾いて攻めたてると、反り返ってよがり泣きながら絶頂を告げて軀をわななかせた。

6

凜子はいきり勃っている怒張を手にすると、亀頭に舌をからめていった。

藤森が布団の上に座って脚をひろげ、その脚の間に凜子がひざまずいて股間に屈み込んでいる。

そんな格好でフェラチオを求められても、いやがる意思もためらう気持ちも凜子にはなかった。それどころか、藤森の舌でイカされてどうしようもなく欲情が高まっていて、自分からすすんで怒張を口にしたくなっていた。

それだけに舐めまわし方もしごき方も、凜子自身、なんていやらしいんだろうと恥ずかしくてたまらないほど淫らな感じになってしまう。それでいて、たまらない恥ずかしさと同じくらい、というよりそれ以上に凜子は興奮を煽られてもいた。

その興奮がひとりでにせつない感じの鼻声になって、凜子は怒張を咥えたまま藤森を見上げた。

藤森も興奮しきったような表情で凜子を見ていた。

「先生、玉袋を舐めたことあります？」

訊かれて一瞬、凜子はなんのことかわからなかった。が、すぐに陰のうのことらしいと察して、怒張から口を離すとかぶりを振った。

「じゃあ、はじめて舐めてみてください」

「……でも、どうするのか、わからないわ」

「フツーに舐めればいいんですよ」

そういうと藤森は自分の手で怒張を腹部のほうに引き寄せ、指先で肉棒の裏側から陰のうをなぞりながら、

「この裏スジから玉袋も、男の性感帯なんですよ。ダンナさんから求められたこともなかったんですか」

突然夫のことをいわれて、凜子は動揺した。顔をそむけていった。

「あるわけないでしょ、そんないやらしいこと。それより、夫のことはいわないで」

怒った口調になった。

「わかった……じゃあ舐めて」

藤森が驚いたようにいってから催促する。

凜子は拒めなかった。ためらいや戸惑いはあったけれど、情事にのめり込みたい思いのほうが強かった。

まず、藤森のいう裏スジに舌を這わせた。そこをなぞって、さらに陰のうに舌をからめていく。

「アアッ、気持ちいいッ。先生、上手ですよ」

藤森がふるえをおびた声でいう。

「玉を口に含んで、吸ってください」

いわれるまま凜子はそうした。

「そう。それも気持ちいいんです」

藤森がうわずった声でいうのを聞いて、凜子も興奮を煽られる。

「先生、シックスナインしましょう。上になってください」

腰を引いて藤森がいった。凜子がなにかいうより先に彼はさっさと仰向けに寝て、「さあ」とうながす。

凜子は応じた。藤森とは反対に向いて彼の顔をまたいだ瞬間、カッと全身が熱くなった。

藤森の手が秘唇を分けて、クレバスを舌が舐め上げた。

「アアッ――!」

ゾクッと軀がざわめくような快感に襲われて、凜子はふるえ声で喘いだ。

藤森の舌がクリトリスをとらえて舐めまわす。凜子も目の前の怒張に舌をからめた。

藤森の舌でかきたてられる泣きたくなるような快感に対抗して、怒張を舐めまわし、咥えてしごく。こみあげてくる喘ぎが泣いているような鼻声になり、腰が勝手にうごめいてしまう。

鼻声も腰の動きも、凜子自身、ひどくいやらしく感じる。が、それでますます興奮すると同時に藤森の舌をよけいに感じてしまって、たちまち快感をこらえきれなくなった。

「アア藤森くん、だめッ、もうだめッ、イッちゃう……」

凜子は息せききっていった。

「イッちゃって、いいですよ」

藤森は事も無げにいうと、舌を躍らせる。

それに対抗して凜子は、夢中になって怒張を手でしごいたがかなわず、こらえを失った。

「だめッ、イクッ——！」

いうなり藤森の腰にしがみつくと、「イクイクッ」とよがりなきながら、同時に勝手に軀がわななくのを感じながら、昇りつめていった。

そのままぐったりしていると、オルガスムスの余韻がぶり返して軀がヒクついた。

「先生、騎乗位でしましょう」

藤森がそういって凜子の腰を押しやった。凜子が横に倒れ込むと、『きて』というように両手を伸ばして誘う。

凜子は藤森の股間を見やった。怒張がそそり立っている。それを眼にすると見入られてしまって、凜子は這うようにして藤森の上になり、怒張をまたいだ。

屈み込むと、肉棒を手にしてその先をクレバスにこすりつけた。それをじっと見ているだろう藤森の視線を感じて軀が熱くなり、ふるえそうになりながら、秘口を探り当てると、わずかに腰を落とした。

ヌルッと肉棒の先が入ってきて、息がつまった。息をつめたまま、さらに腰を落とす。そこで微妙に腰をうごめかして、肉棒の収まり具合を調整する。そして、腰を落としきる。

「アウッ――！」

肉棒が体奥まで侵入してきた瞬間、凜子はめまいに襲われて、そのまま達した。

藤森が両手を伸ばして乳房をとらえ、やわやわと揉む。凜子はおずおず腰を振った。肉棒の先と子宮口がこすれ、一緒に肉棒の根元あたりとクリトリスもこすれて、うずくような快感に襲われる。

「先生、いいですか」

藤森が訊く。凜子は強くうなずき返して、

「アアいいッ、いいのッ、気持ちいいッ」

ふるえ声で快感を訴えた。

「ぼくもメチャ気持ちいいですよ。先生の××××、最高です」

藤森がうわずった声で露骨なことをいう。

そんなことをいわれることも、いまの凜子には刺激的で、興奮を煽られる。恐る恐る動かしはじめた腰が、いつのまにか律動に変わっていた。

「先生、ちょっと腰を浮かせて、ズコズコしてるとこを見せてください」

このままだと、すぐまたイッちゃいそう──凜子がそう思ったとき、藤森がいった。

「そんな、いや」

そういったものの、すぐにもイッてしまいそうになっている凜子に拒否する意思はなかった。相撲取りがシコを踏むときのような体勢を取ると、ゆっくり腰を上下させた。

「うわァ、すごいッ。ズコズコしてるとこがモロ見えてる！」

藤森が興奮した声をあげる。その声とふたりの股間を食い入るように見ている彼の視線につられて、凜子も股間を覗き込んだ。

秘唇が肉棒を咥えた状態で、腰の上下動に合わせて、愛液にまみれてヌラヌラしている肉棒が見え隠れしている。

その淫猥な生々しい情景を眼にしたとたん、凜子は恥ずかしさからカッと熱くなって、

「イヤッ！」

といった。同時に頭がクラクラして、達しそうな感覚に襲われた。

イクのを我慢しなければ、と凜子は思った。が、腰の動きを止められない。肉棒が出入りする快感がたまらないからだ。

ついに我慢できなくなって、凜子は腰を落とした。そのまま、夢中になって腰を振りたてた。

「ダメッ、ダメッ、イクイクッ、イッちゃう！」

そういいながらますます激しく腰を律動させて昇りつめていった。

7

先生が騎乗位でイッても、というより先生の蜜壺で相当激しくペニスをしごかれても、亮太はまだ射精していなかった。美由希と久しぶりにセックスしてから三日たっていて、そこそこ精液は溜まっていたが、刺激に対する忍耐力にはまだ余裕があった。

先生は亮太の上でぐったりして軀をあずけたまま、繰り返し小さく喘いで軀を

ビクつかせている。亮太が先生の蜜壷に収まったままの怒張をヒクつかせている
せいだ。
亮太は自分の顔の横にある先生の顔を起こした。その顔を見て、ドキッとした。
きれいな顔だちが一段と冴えて、息を呑むほど色っぽいのだ。オルガスムスのせ
いにちがいない。
亮太は唇を重ねた。すると、せつなげな鼻声を洩らして先生のほうから舌を入
れて、熱っぽくからめてきた。
先生の反応に、亮太は気をよくした。自分とのセックスで、こんなにも先生が
燃えて夢中になっている。そう思えたからだ。
そんな先生との濃厚なキスを味わってから、亮太はいった。
「先生、このまま後ろ向きになってください」
え!? どういうこと?——というような表情を先生は見せている。
「後ろ向きの騎乗位です。同じ騎乗位でもペニスの挿入角度がちがうから、快感
もちがうんです」
「藤森くん、あなたって……」
先生は唖然としている。

亮太は笑い返していった。

「どうしてそんなにいやらしいことをって感じですね」

「だって、高校時代のあなた、とても真面目な生徒だったでしょ」

「いまでも真面目ですよ。真面目にセックスを楽しみたいと思ってるだけです。しかも憧れの先生とだから、よけいに……それより先生、後ろ向きの騎乗位って、したことないんですか」

「ないわ。そんな恥ずかしいこと」

いかにも恥ずかしそうにいう先生を見て、亮太は思わず、可愛いと思い、すぐそれを口にした。

「先生、可愛いな」

「やだ、からかわないで」

先生はひどく当惑している。

「からかってなんかないです。ほんとですよ」

そういってから亮太は、後ろ向きの騎乗位の経験がないらしい先生と夫のセックスについて訊いてみたいと思った。が、それで先生の気分を害してはまずいと思い直していった。

「さ、後ろを向いてください」

「いやだわ、こんなの」

戸惑ったようにいいながらも、先生はおずおず軀の向きを変えていく。それにつれて、蜜壷の中で亮太の欲棒も向きが変る。

先生が完全に後ろを向くと、亮太はその姿に眼を奪われた。きれいな背中から悩ましくくびれたウエスト、そして煽情的にひろがる腰へとつづく流麗な線によって描き出されたそれは、まさに官能的に熟成した芸術品だ。

亮太は両手でそのむっちりとした尻肉をつかむと、

「ほら先生、動いて」

と押しやった。

「ああッ」と喘いで、先生が腰を前後させる。その動きを亮太が両手で加速させると、クイクイ振りはじめた。

「アアンいいッ、奥に当たってるッ。アアッ、これいいッ」

先生が感じ入ったような声をあげる。亀頭と子宮口がグリグリこすれ合っているのがいいらしい。それに対面での挿入とは反対なので、蜜壷と怒張がこすれ合う感じもちがう。それが「これいいッ」になっているのかもしれない。

亮太がそう思っているると、上体を起こしていられなくなったか、先生が倒れ込んで腰を律動させはじめた。

「うわッ、いいッ。先生、ズコズコしてるとこも、お尻の穴も丸見えですよ」

「いやッ、だめッ、見ちゃだめッ」

うろたえたようにいいながらも腰の動きは止まらない。それどころか、貪欲に肉棒を味わおうとしているとしか見えない、うねるようないやらしい動きを見せている。

その煽情的な動きにくわえて、亮太の眼には先生にいったとおり、肉棒を咥えた肉びらが上下している淫らで生々しいさまも、その上の褐色のすぼまりも、まともに見えている。

「アアッ、もうだめッ、我慢できないッ、イッちゃう！」

先生が切迫した声でいった。突っ伏して股間を肉棒に押しつけると、キュッと尻肉を引き締めてピクピク痙攣させながら、「イクイクーッ！」と泣き声で絶頂を告げる。

尻肉が引き締まって痙攣したとき、それと同じような感覚を、亮太は怒張に受けていた。

達した先生は、亮太の両脚の上に突っ伏したまま、軀で息をしている。

亮太は先生を抱き起こした。怒張は先生を後ろから貫いたままだ。そのまま先生を抱いて軀をまわすと、亮太は先生の脚の間に両膝を入れて開いた。

先生が戸惑ったような声を洩らした。亮太の脚で開脚させられているからだ。

「ほら先生、いい眺めですよ」

亮太は先生の耳元でいった。いわれて先生は気づき、

「いやッ、だめッ」

悲痛な声をあげた。あわてふためいている感じだ。

無理もない。大股開きの格好が、壁の鏡に写っているのだ。しかも肉棒がずっぽりと肉びらの間に突き入っている、これ以上ない生々しい状態を露呈して。

「どうです？　いやらしい眺めがモロ見えて、刺激的でしょ？」

亮太が耳元で囁くと、

「いやッ、恥ずかしい……だめッ、だめよッ」

先生は息を乱していいながらも鏡を凝視している。恥ずかしくてじっとしていられないようすで腰をうごめかせているけれど、表情は興奮しきっている感じで強張っている。

「そんなことをいってるけど、ほんとは感じちゃってたまらないんでしょ？」

いいながら亮太は先生の股間に手を這わせた。それを見た先生がうろたえて、『いや』というようにかぶりを振る。

肉棒が突き入っているすぐ上には、過敏な肉芽が膨れあがってあらわになっている。ピンク色の真珠玉のようなそれを指先にとらえて、亮太はまるくこねた。

とたんに先生は悩ましい表情を浮かべて喘ぎ声を洩らしはじめた。

騎乗位でイッたばかりで感じやすくなっているだろうことを想えば、快感をこらえるのはよけいに無理なはずだ。

案の定、先生はたちまちいまにもイキそうな反応を見せはじめた。感泣しているような表情と喘ぎ声でもって、鏡に映っている恥態を食い入るように見つめたまま、腰を小さく律動させている。その小さい動きに、むしろ切迫感がある。

「先生、このいやらしい感じ、いいんでしょ？　××××、締めつけてきてますよ」

亮太も興奮していった。事実、ひとりでにヒクついている怒張を、蜜壺がときおり締めつけてきているのだ。

「アアッ、いいのッ。アアン、もうたまンないッ。おねがいッ、藤森くんので突いてッ」

昂った声で先生が思いがけないことをいった。

先生から「突いて」と求められて、亮太はほとんど逆上した。むきになって腰を上下に律動した。それに合わせて先生の軀が弾み、泣き声があがる。

ところがここにきて、さすがに亮太は我慢できなくなった。いったん交接を解くと、先生を仰向けにして押し入った。突いてほしくてたまらなくなるほど欲情している先生は、それだけでのけぞって達したようだった。

亮太はすぐに力強く突きたてた。先生を失神するまでよがらせて、俺とのセックスの虜にしてやろうと思いながら。

第三章　肉と愛

1

「先生――」

教室を出て廊下を職員室に向かっていると、後ろから呼び止められた。

振り返ると、たったいま凜子が英語の授業を終えたクラスの、速水早紀《はやみさき》という女子生徒が立っていた。

「先生は絵画鑑賞が趣味でしたよね」

「ええ、そうだけど……」

「父がこんどまた、個展を開くんです。もしよかったら、案内状をお渡しするので、見にきてもらえませんか。あ、そのときはわたしも一緒にいきます」

美少女といっていい速水早紀が、凜子のいい返事を期待しているような表情でいう。

「そう。なにか特別な予定がないかぎり、うかがうわ」

「よかった！ ありがとうございます。わたし楽しみにしてます」

早紀は表情を輝かせ、両手を胸の前で合わせて喜びを表し、声を弾ませた。

「わたしもよ、楽しみにしてるわ」

凜子が笑いかけていうと、早紀もうれしそうに笑って「じゃあ失礼します」と頭を下げ、制服の襞スカートを翻して引き返していった。

早紀の父親がそこそこ名の知れた洋画家で、定期的に個展を開いていることは凜子も知っていた。

父親のことだけでなく、早紀の家庭のことも、凜子はある程度知っていた。というのも早紀に誘われて、というより付き合わされて数回カフェにいって、そのとき彼女から聞かされていたからだ。

そうしてプライベートでも会っているうち、学校以外でふたりきりのときは、凜子は早紀を「早紀ちゃん」と呼び、早紀は凜子に馴れ馴れしい口をきくようになっていた。

それに初めてカフェで会ったとき、早紀は「わたし、先生のこと好きです」といって凜子を戸惑わせた。

もっともこの年頃の少女が年上の同性に憧れるのはままあることなので、凜子はさりげなく、「そう、ありがとう」といってかわしたのだが、以来、早紀が凜子を見る、どこか熱っぽい視線には気づいていた。

凜子は教員室にもどると、デスクワークにかかった。

この日は、親友の三井真奈美とディナーの約束があった。待ち合わせの時刻は午後七時。場所は都心にあるフレンチレストラン。その店は真奈美が指定したのだが、デートでたびたび使っているのだろう、彼女は店の常連らしく、これまで彼女に連れられて凜子も二三度いったことがある。

その真奈美の誘いの電話がかかってきたのは、一昨日の夜のことだった。

そのとき凜子の自宅に亮太がきていた。しかも一緒にシャワーを浴びようということで、ふたりとも脱衣場で全裸になっているときだった。

藤森亮太と関係ができて、もう一カ月ほどたっていた。この間にふたりは十回ちかく情事にふけっていた。

そして数日前のこと、情事のあとで凜子が「もう先生って呼ぶのはやめて」といったことから、「亮太」「凜子」と名前で呼び合うことになったのだ。

その真奈美からの電話に、凜子は出ないことにした。すると亮太が「誰から?」と訊くので、「女友達」と答えると、凜子の手から携帯を奪った。その直後にわかったのだが、いたずらを思いついたらしい。亮太は「出て」といって応答ボタンを押して、携帯を凜子にもどしたのだ。

凜子は仕方なく、真奈美に「なに?」と問いかけた。

「お愛想なしね。いま電話、大丈夫?」

真奈美は苦笑する声でいって、訊き返した。

「ちょうどシャワーを浴びようとしてたとこなの。あとからかけ直すわ」

凜子がそういって電話を切ろうとすると、「あ、ちょっと待って」と真奈美があわてていった。

「わたし、これからデートなの。じゃあ簡単にいうからいい?」

「え!?……ええ、いいけど……」

真奈美以上に凜子はあわてた。あろうことか亮太が凜子を後ろから抱きしめ、尻の割れ目に怒張を突きたててきたのだ。

「明後日、わたしほうは定休日なんだけど、久しぶりにディナーなんてどうかなと思って、凜子の都合はどう？」

凜子はうろたえた。あわてふためいた。

亮太が前にまわした手を強引に凜子の股間にこじ入れて、指でクリトリスをこねるのだ。必死に声を殺すのが精一杯で、真奈美がいっていることも、まともに耳に入らなかった。それに片手に携帯を持ち、一方の手で洗面台につかまっているため、亮太の手を拒むこともできないのだ。

そのとき、さらに恐ろしいことになった。クリトリスを弄られて否応なく感じてしまって、凜子の脚の締めつけが緩んだ隙に、後ろから怒張が股間に侵入してきたのだ。

凜子は携帯を手で押さえ、「だめッ、やめてッ」と亮太を叱責した。だが亮太はやめない。それどころか指でクリトリスをこねながら、怒張でクレバスをこすりたてるのだ。

「アアッ」と凜子は喘いで携帯を押さえている手を離すと、

「ごめん。あとからかけるわ」

口早にいって電話を切った。とたんに崩折れそうになって亮太に抱き止められ、躯を半回転させられると、「いやッ、ひどいッ」とかぶりを振りながら、携帯を持った手と握り拳で亮太の胸を叩いた。

ところが亮太に抱きすくめられて唇を奪われ、怒張をぐいぐい下腹部に押しつけられながら舌をからめ取られると、凜子は自分でも恥ずかしくなるような甘たるい鼻声を洩らして熱っぽく舌をからめて返していった。

それればかりか立っていられなくなって、亮太の前にひざまずくと、目の前のいきり勃っている怒張を、まるでしゃぶりつくようにしていやらしく舐めまわし、咥えてしごきたてたのだ。

なんてことはない、異常な状況に凜子自身、異常なまでに興奮していたのだった。

不謹慎にもデスクワーク中にそんなことを思い出してしまった凜子は、急にうろたえて太腿を締めつけた。いつのまにか躯が熱くなって、体奥がうずいているのだった。

太腿を締めつけた瞬間、ジュクッとするほど濡れてもいた。

そんな自分の躯に戸惑いながら、凜子は思った。

――亮太と関係をつづけていくうちに、びっくりするくらい感じやすくなったような気がする。それにわたし自身、セックスの欲求が強まって、いやらしくなっている。こんなこと、いままでなかったのに、一体どういうことなんだろう。セックスに関して、わたしの頭も軀も、もともとこうなるようにできていて、それがこの歳で未亡人になったってことと関係があるのだろうか……。

凜子は終業時間よりも小一時間ほど遅くまで仕事をして学校を出た。

それでも待ち合わせの時刻よりも早くその場所に着いたため、近くの本屋で時間をつぶして、七時五分前にレストランに入っていった。すると、この日は仕事が休みの真奈美は、もうきていた。

「体調、大丈夫？」

凜子が席につくなり、真奈美が心配そうに訊いてきた。

「うん。もう全然、大丈夫よ。心配してくれてありがとう」

凜子は笑い返していった。昨日、電話をかけ直したとき、「どうしたの、なにかあったの？」と真奈美が訊くので、「急に気分がわるくなったの」と答えて、あわてて電話を切ったことを謝ったのだ。

「よかった。そうね、とてもそんな感じには見えないわ。それどころか、久しぶりに会った凜子、驚いたわ」

真奈美が眼を見張っていう。

「どうして?」

凜子が怪訝な表情で訊くと、

「だって、びっくりするくらいきれいになってるんですもの。凜子はもともと肌はきれいだけど、今日見たらもっとツヤツヤだし、それに顔全体ハツラツとして、しかもなんだかすごく色っぽいのよ。あ、まさか、恋人ができちゃったんじゃないの」

真奈美が凜子をまじまじと見ていって、最後に表情を輝かせて声を弾ませたとき、ソムリエがやってきた。

ワインの銘柄も料理も、注文を真奈美にまかせて、それを見ながら凜子は思った。

——今夜は真奈美にいろいろ訊かれそう。恋人のことを訊かれても、亮太は恋人ではないし、第一、彼とのことは絶対にいえない……。

そう思いながらも、凜子の胸はときめいていた。一方で、亮太とのことを話したい衝動のようなものもあったからだ。

凜子はまた思った。

——真奈美にきれいになった、色っぽいなんていわれたのは、こんな気持ちのせいかも……。

2

金曜日の夜、亮太は先生の自宅のリンビングルームで、ソファに座ってビールを飲みながらテレビを観ていた。

もっとも画面に視線を向けてはいるものの、流れているバラエティ番組を観ているわけではなかった。観ている格好だけで、頭はほかのことを考えていた。

ほかのこととは、今夜先生とどうやって楽しもうか、先生をどうやってよがらせてやろうかという思案だった。

そんなことを思案しているだけで、亮太の分身は早くも充血して強張ってきていた。

この日はたがいに仕事が終わってから落ち合い、夕食をすませてから先生の自宅にもどってきて、先に亮太がシャワーをすませた。そしていま、先生が浴室に入っていた。

シャワーを浴びているだろう先生の姿を想像しながら、亮太は先日の刺激的な行為を思い出した。

それまで先生は亮太を寝室に入れてくれなかった。セックスするのはいつも客間だった。

先生がどうして寝室を避けるのか、亮太はなんとなく察しがついていた。それでも当初は訊くのはいけないような気がしていたが、関係するうち名前で呼び合うようになってから訊きたくなっていた。

それで訊いてみた。客間の布団の上で行為中、対面座位で交わっているときのことだ。

「ね、どうして寝室だとだめなの？」

「え!?　突然なに？」

「俺、凜子の寝室に入ってみたいんだ」

「そんな、だめよ」

先生はうろたえた。が、すぐに悩ましい表情を浮かべた。亮太がわずかに腰を使っているからだった。

「だからどうして？」

「おねがい、困らせないで」

懇願する表情でいって、先生も腰を使う。

「ダンナさんとの思い出が詰まってるから？　それもいま俺たちがしてるみたいなことの思い出が」

「やめて！」

先生が悲痛な声でいうなり腰をクイクイ振りだした。亮太の関心をこの行為のほうに向けようとするかのように。

そこで亮太は先生の脚を抱え込むと立ち上がった。先生は悲鳴をあげた。かまわず亮太は先生を抱え上げたまま客間を出ると、寝室に向かった。場所はわかっていた。

「亮太、だめッ、いやッ、やめてッ」

先生の必死の懇願にも、亮太は耳を貸さなかった。片手で先生の尻を抱えて素早く寝室のドアを開け、中に入って明かりをつけた。その瞬間、「だめッ」と先生が鋭くいった。

天井のシーリングライトに照らし出されたのは、ブルーのベッドカバーがかかったダブルベッドだった。ベッドのヘッドにつづく棚の上に、フォトフレームが立っていて、先生と夫らしい男が並んでにこやかに笑っている写真が入っていた。

亮太は思った。

――やっぱり、こういうことか。

「ダンナさんのこと、忘れさせてあげるよ。そのほうが凜子にとってもいいことなんだから」

いうなり亮太は抱えている先生を上下に揺すった。それに合わせて先生は弾むような喘ぎ声をあげた。それもすぐに泣くような声に変わってきた。

そのままベッドに倒れ込むと、亮太は抜き挿ししながらいった。

「ほら、凜子がよがってるとこ、ダンナさんが見てるよ。きっと、ダンナさんも興奮してるはずだ。もっと見せつけてあげようよ」

「アアッ、もう知らないッ。もっと、もっと激しくしてッ」

突然、先生が昂った声でいった。

亮太は一瞬、鬼気迫るような、先生の興奮しきった表情に圧倒された。そしてすぐに激しく突きたてていった。

亮太がキッチンにいって冷蔵庫から缶ビールを取り出してリビングルームにもどりかけていると、洗面所のほうから聞こえていたドライヤーの音がやんだ。

それからしばらくして、先生がもどってきた。白いバスタオルを軀に巻いて胸元で止めた先生は、薄化粧をしていた。

亮太のほうは腰にバスタオルを巻いていた。

「わたしもいただいていい？」

缶ビールを手してソファに座っている亮太の横に腰を下ろすと、先生がシナをつくっていった。

「どうぞ」

亮太が缶ビールを渡すと、先生は美味しそうに飲む。その白い喉、バスタオルを押し上げている胸、腰、タオルからこぼれ出ている太腿と、視線を這わせた亮太は、先生が缶ビールをテーブルの上に置くのを待ちかねて抱き寄せ、唇を奪った。

たがいに求めていることは一緒だけに、すぐに情熱的なキスになった。

ねっとりと貪るように舌をからめながら、先生がせつなげな鼻声を洩らす。

甘い舌の感触とその声に煽られて、亮太は先生の内腿に手を差し入れた。ゾクゾクするほど滑らかな内腿を撫で、その奥をまさぐると、亮太が予想したとはちがう感触があった。バスタオルの下にはなにもつけていないだろうと想っていたのだが、手に触れたのは陰毛ではなく、ショーツだった。

そこで亮太は唇を離して先生のバスタオルを取り払った。

先生が身につけているのは、真紅のショーツだけだった。

きれいな形の乳房は、先生の両腕が隠している。ショーツを見た亮太は、予感めいたものと一緒にときめきをおぼえた。これまで先生がつけていた、ふつうの形状のものとちがって、股の切れ込みがきわどいほど深く、大胆なものだったからだ。

亮太は先生を立たせると、後ろを向かせた。

「エッ、すごいッ！」

眼を見張って驚きの声をあげた。

なんと、ショーツはTバックで、T字状の真紅の布から白いまろやかな尻朶が露出しているのだ。

「先生がTバックなんて、信じられないよ」

思わず亮太は「先生」といって、本音を洩らした。それほど驚き、それ以上に興奮していた。

「いやらしいでしょ。恥ずかしいわ」

先生が腰をくねらせて消え入るような声でいう。

「いやらしいっていうより、超エロッぽくて、メッチャ興奮するよ」

「Tバックなんてつけたことがないから、買うとき、すごく恥ずかしかったの。でも、亮太が興奮するっていってくれて、よかったわ」

先生がもじもじしながらいうのを聞いて、亮太は先生の腰を抱き寄せ、むき出しの尻朶に顔をうずめた。

「アンッ、そんなァ……」

先生が嬌声をあげて身悶える。

亮太はむっちりした尻朶を顔でこねまわした。興奮をぶつけるにはそれだけでは足りず、尻肉を甘嚙みした。そのたびに先生が驚いたような昂った声を洩らして身をくねらせる。

亮太は立ち上がって先生の手を取った。先生も発情したような顔をしている。

そのままふたりは寝室に入った。棚の上の先生と夫のツーショット写真は、先生がどこかにしまったらしく、もうそこにはない。

ベッドのそばで抱き合うと、先生のほうがすすんでキスしてきた。ねっとりと舌をからめてきながら、亮太の欲情をかきたてずにはいない甘い鼻声をもらして腰をくねらせる。そうやって怒張に下腹部をこすりつけてきているのだ。

亮太は先生を抱いたままベッドに倒れ込んだ。

3

亮太の手と口で乳房を攻められただけで、凜子の軀はすでに性感に浸りきっていた。

そんな凜子に、亮太は四つん這いの体勢を取らせた。

その前に亮太の狙いがわかって軀が熱くなった凜子だが、それでも求めに応じて恥ずかしい格好になると、ひとりでに腰がうごめいた。

Tバックショーツをつけているところを後ろから見てやろう。亮太はそう考えているにちがいない。

「ワオ、いい眺めだ。Tバックが割れ目に食い込んでるよ」

想ったとおり、亮太が露骨なことをいって両手で尻を撫でまわす。

「いやッ、見ないでッ」

凜子はさらに軀が熱くなって、ヒップをくねくね振りたてた。恥ずかしさのためだけではなかった。興奮もしていた。そのせいで、口ではそういったものの、声もヒップの動きも、いやがっているというには程遠い感じになった。

凜子の脳裏には、いま亮太が見ている恥ずかしい情景が浮かんでいた。というのもはじめてTバックショーツを買ってきたとき、試着してみていたのだ。

鏡の前でショーツをつけて、最初は前からと後ろから見た。それだけでも恥ずかしくて顔が火照った。つぎに脚を開いて股間を見た。カッと全身が火になって、「いや」と声を出していた。

当然だった。眼に入ったのは、真紅のTバックがクレバスに食い込んで、ヘアがそこを縁取るように生えた両脇の肉が迫り出している、あまりにいやらしい状態だったのだ。

そのときも、こんなところを亮太に見られたらと想うと、いたたまれない恥ずかしさに襲われながら、それでいて凜子は興奮していた。そして、うろたえぎみに思ったのだ。

——こんなことで興奮するなんて、どうかしてる……。

いまも凜子は同じ状態に陥っていた。恥ずかしさと一緒に興奮していた。

「このいやらしい感じがいいな」

亮太がいいながら、食い込んでいるショーツとその両側の肉を指先でなぞる。

「いや、だめ」

凜子は声がうわずってふるえた。ゾクゾクする性感に襲われて、ひとりでに軀がくねる。

「でも凜子、感じちゃってるんじゃないの？」

亮太が両手でヒップを撫でまわしながらいう。

「ちがうわ」

図星を指されて、凜子は思わずいった。

「そうかな。じゃあ調べてみよう」

いうなり亮太がショーツをぐいと横にずらした。

「アッ、だめッ」

凜子はうろたえて腰を振った。

亮太の手が秘苑を押し分けた。

「すげえ。ビチョビチョじゃないよ。ちがうなんていって、感じまくってるじゃないの」

「いやッ、いわないでッ」

さっき以上に声がふるえて、軀がわなないてしまう。あらわになっている、それも亮太がいうとおり濡れそぼっているクレバスが頭に浮かび、そこに彼の視線が突き刺さってくるのを感じるからだ。

そこで亮太が凜子の上体を抱き起こした。後ろから抱いたまま、脚を凜子の脚の間に入れて開き、凜子を大股開きの格好にした。

「ほら見て……」

亮太に耳元でいわれ、彼の手の動きに気づいて、凜子は股間を見やった。すると、亮太の手がショーツをつかみ、クイクイと引き上げる。

「アンッ、アアッ、ウンッ……」

ショーツでクレバスと一緒に過敏なクリトリスをこすられ、快感をかきたてられて、凜子は声を抑えることができない。

亮太がショーツで嬲りながら、片方の手で乳房を揉む。

「どう？　ますます感じちゃうんじゃないの」

口で凜子の耳をくすぐるようにして訊く。

「ああん、だって～、亮太がいやらしいことをするから……」

たまりかねて凜子は自分から腰を律動させながらいった。なじるというよりうらめしげな口調になった。

「俺のせいだっていうの？」

「そうよ」

凜子がすねた口調で答えると、

「俺、思ってたんだけどさ。凜子って、意外にマゾッ気があるんじゃないの」

亮太が唐突にいった。

「そんな……」

思いがけないことをいわれて、凜子は戸惑った。

「いわれたことない？」

「ないわよ」

「そうかな。俺、けっこうあるんじゃないかって思ったんだけど」

いいながら亮太はショーツを横にずらして手に持ったまま、一方の手で凜子の手を取って、そこに導いた。

「ほら、こうやって持ってて」

「いやだわ」

そういいながらも、凜子はショーツを持っている。ショーツが横にずれて露出している秘苑はよけいにいやらしく見えて羞恥を煽られ、息が乱れて手がふるえる。

すると亮太が秘苑に手を這わせてきた。つられて凜子が見ていると、ヘアを撫で上げて、指でクレバスをまさぐってクリトリスをとらえ、こねる。

「アアッ、アアンッ……」

うずくような快感が一気にわき上がって、それがそのまま声になった。

「ほら、凜子って、恥ずかしいことのほうが興奮して感じちゃうんだよ。そうだろ？」

亮太がいうとおり、興奮してたまらなく感じてしまっている凜子は、彼の言葉が逆らえない魔法のそれのように聞こえて、

「そうよ、感じちゃうの。アアンいいッ……」

腰をうねらせながらいった。

「じゃあ、ちょっと刺激的なプレイをしてみようよ」

亮太がまた唐突に妙なことをいって、凜子の前にまわってきた。

「プレイって？」

凜子が訊くと、

「俺の前で凜子がオナニーして見せてくれて、俺も凜子にして見せる。オナニーの見せっこだよ」

亮太はとんでもないことをいった。

「そんな！」と凜子が啞然として絶句すると、

「俺、高校んときは、滝沢先生のオナニーなんて想像もできなかったけど、凜子だって、結婚してダンナさん亡くしてからはすることもあったんじゃないの。ね、して見せてよ」

「いやよ、そんな恥ずかしいこと」

「恥ずかしいから刺激的でいいんじゃないか。ほら、見せっこしよう」

「いやよ、だめッ」

凜子はかぶりを振りたてた。人前でオナニーするなんて、そんな恥ずかしいこと、死んでもできないと思った。

「じゃあちょっと待ってて」

亮太がそういうとベッドから下り、なにを思ったか寝室から出ていった。

凛子が怪訝に思いながら待っていると、すぐにもどってきた。なぜか亮太はネクタイを手にしていた。脱いだ服をリビングルームのソファに置いていたので、そこまでいって持ってきたらしい。

「オナニープレイの前に、マゾッ気がある凛子が絶対に興奮して感じちゃうことをしよう。さ、両手を背中にまわして」

ベッドに上がって凛子の後ろに座った亮太が、そういってうながす。

「どうするの？　いやよ、へんなことは」

戸惑っていいながらも凛子がされるがままになっていると、両手首を交叉する格好でネクタイで縛られた。

「縛られたの、はじめて？」

前にまわってきて、亮太がうろたえている凛子の顔を覗き込んで訊く。

「当たり前でしょ、こんなこと。ね、ほどいて」

凛子は肩を振っていった。

「だったら、よけいに刺激的だと思うよ。レイプされてるみたいな感じになっちゃうから」

いうなり亮太が凛子を押し倒した。悲鳴をあげた凛子にかまわず、言葉どおりレイプするように無理やり凜子の脚を押し開くと、ショーツを乱暴に横にずらして秘苑に顔をうずめてきた。

後ろ手に縛られている凜子は、抵抗しようにも為す術がない。声でしかいやがったり拒んだりするしかない。まさにレイプされているようだった。

ところがほどなく、凜子はうろたえた。あろうことか、そのレイプされているような行為に興奮している自分に気づいたのだ。

そうなると、必死にこらえている、亮太の舌でかきたてられる快感に対する我慢がきかなくなった。それどころか一気に感じてしまって、どうにもならなくなってきた。

「だめッ、もうだめッ、イッちゃう……」

腰を揺すりながらいったとたん、亮太が顔を上げた。

「いやッ、だめッ、ウウンいやッ」

絶頂に向かっている途中で急に宙に投げ出されたようだった。凜子は焦れて身悶えた。

「どうしたの？」

亮太が顔を覗き込んで訊く。

「いじわるッ。ウウンもっとォ、もっとしてッ」

凜子はたまりかねて懇願した。

「じゃあ自分でもしたいんじゃない？　手をほどいてあげるから、オナニーして見せてよ」

亮太がいうのを聞いて、凜子は啞然とした。『いや』といえなかった。じっとしていられないほど軀がうずいて、なんとかしてほしくて泣きそうだった。それに死んでもできないと思っていたオナニーが、ここにいたってひどく刺激的なことに思えた。

亮太はネクタイをほどくと、凜子を仰向けに寝かせた。

もはや凜子にためらう気持ちはなかった。恥ずかしさはあったけれど、それももう興奮を高める刺激剤でしかなかった。

亮太は凜子の足元に座っている。凜子は顔をそむけて眼をつむると、わずかに脚をひらいてショーツを横にずらした。

いやでも意識せざるをえない亮太の、突き刺さるような視線を感じながら、下腹部に手を這わせていって秘苑を撫で、指でいやらしいほど濡れているクレバスをなぞる。

指先がコリッとした肉球に触れた。凛子は喘ぎそうになった。かろうじて声をこらえ、息をつめて肉球を指でまるくこねる。うずくような快感が吐息になって、腰がはしたなくうねってしまう。

「たまンないな、先生のオナニー。漏れちゃいそうだ」

亮太がうわずった声でいう。興奮しきっている感じだ。

「アア、いやッ、見ないでッ」

凛子は声がふるえた。口ではそういいながらも、凛子も異様な昂りにつつまれていた。

そのとき、唇に生々しい感触があった。驚いて眼を開けると、怒張だった。いつのまにか亮太が横にきて、それを突きつけてきていたのだ。

「オナニーしながらしゃぶって」

いわれるまま、凛子は亀頭に舌をからめた。膨れあがっている肉球を指でこねたりクレバスをこすったりしながら、亀頭から肉棒をねっとりと舐めまわす。

さらに咥えてしごく。こんな淫らなところを亮太に見られているのだと思うと、興奮のあまり頭がくらくらする。

それにその昂りに煽られて、オナニーもフェラチオもますます猥《みだ》りがわしくなってしまう。

　だがもう限界だった。凜子は怒張から口を離した。「もうだめッ」といってそれを握り、クレバスを指でこすりたて、両脚を強く締めつけると、

「ああイクッ、イクイクーッ!」

　泣いて絶頂をつげながら、オルガスムスのふるえに襲われた。

　亮太が凜子の下半身のほうにまわった。まだ息が弾んで軀がヒクついている亮子の脚を開くと、腰を入れてショーツを横にずらし、怒張をクレバスにこすりつけてきた。

「ウウン、アアきてッ、入れてッ」

　凜子は腰をうねらせて求めた。求めずにはいられない。

「どこに?」

「×××ッ」

　カッと燃え上がった興奮の炎に炙られて、凜子は卑猥な言葉を口にした。

　すぐさま肉棒が侵入してきた。貫かれると同時に凜子は達して大きくのけぞった。

4

「シャワー浴びてくるけど、一緒に浴びない?」

亮太がベッドに突っ伏している先生の髪を撫でながら訊くと、

「先に浴びてて。わたしあとからいくわ」

先生は満ち足りた表情でけだるそうにいった。

亮太は全裸のまま寝室を出ると、リビングルームでバスタオルを拾って浴室にいった。

三十分ほど前にフィニッシュを迎えたセックスは、かなりの時間つづいた。交接してからも長かった。いろいろ体位を変えて、しかもゆっくり時間をかけて楽しんだからだが、その間に先生は十回ちかく達したはずだ。

そして、亮太がようやく吐精すると、先生も一緒に達したあと、これまでにない反応を見せた。

「抜かないで」

とあわてていって、

「このまま、味合わさせて」

と、腰をうねらせるのだ。言葉どおり、なおも肉棒の感触を貪欲に味わおうとしていやらしく――。

そこで亮太が二度三度突きたてると、感じ入った声を放ってまた達した。

それから数分、先生は失神していた。

なかでも先生にとって、対面座位での行為がとくに刺激的だったらしい。そのときだけで数回はイッたはずだ。

Tバックショーツをつけたまま交接して、怒張を抜き挿ししているところを、亮太が見せつけたのだが、その淫猥な情景に先生は異様なほど興奮したようだった。

この日二回目のシャワーを浴びながら、先生との濃厚なセックスを思い出していると、半ば強張ったままになっていた若い分身が、またぞろ充血してきていた。

亮太は今夜、先生の自宅に泊まっていくことになっていた。当初はできれば土曜日の昼間から日曜日にかけて、先生とゆったり過ごしたいと思っていたのだが、ふたりとも日曜日に予定ができて、金曜日に逢うことにしたのだった。

先生の予定は、なんでも生徒と一緒に、その父親で画家の個展を観にいくらしい。

亮太のほうは、美由希が部屋にくることになっていた。美由希とはここのところ逢っていなくて、不満たらたらだったので、亮太としては恋人ではなくセフレなのだが、あまり無視するのもどうかと思って日曜日に逢うことにしたのだった。

亮太がボディソープの泡を軀に塗りつけていると、先生が浴室に入ってきた。

「あら、また元気になってる」

亮太の股間を見やって、声を弾ませた。眼も輝いている。

「困ったジュニアだこと。ジュニアなんて可愛い感じじゃないけど」

先生が強張りに指をからめて、亮太をからかうように艶かしい眼つきで見る。

「じゃあどんな感じ？」

亮太は先生の裸身に肩からシャワーをかけながら訊いた。

「うーん、そうね、棍棒って感じかな」

「棍棒か。棍棒好き？」

「きらいじゃないわ。でも憎たらしい」

「どうして？」

「わたしを狂わせちゃうから」

「でもそれって、狂わされちゃうほどいいってことじゃないの?」

亮太が先生の軀にソープの泡を塗りつけながら訊くと、

「悔しいけど、そう……」

先生が裸身をくねらせながら、先生の手で弄ばれているうちに怒張と化しているペニスをギュッと握っていう。

先生の顔にもはっきりと興奮の色が浮きたっている。

亮太は先生を抱きしめた。軀をくねらせて、ソープの泡にまみれている軀をこすり合わせる。ヌルヌルした感触が気持ちいい。

先生が感じた喘ぎ声を洩らす。亮太は両手で先生のヒップを撫でまわし、引き寄せて下腹部に怒張を押しつけようとした。——と、手が滑って尻の割れ目に分け入った。

「アンッ、そこ、だめッ」

先生がうわずった声でいって、うろたえたようすで腰をくねらせる。

その前に亮太の指先が先生の後ろの蕾に触れていて、キュッと蕾が固くすぼまっていた。

先生の反応に、亮太は興奮した。いやがる先生にかまわず、蕾を指で揉みほぐすようにこねた。

指も蕾もソープの泡にまみれているため、感触は滑らかだ。それに先生の尻の穴に触っていると思うと、新鮮な、それもどこか倒錯的な刺激があって、亮太は興奮を煽られた。

先生の腹部に当たっている怒張がヒクつく。

「そんなとこ、だめッ、いやッ、やめてッ」

先生が身悶えながら、拒絶したり懇願したりする。が、軀の動きは、どこかなよなよした感じだ。

それに亮太の指が揉んでいる蕾が、ヒクつきながら徐々に緩んできている。

すると、先生のようすが変わってきた。

「うう〜ん……ああ〜ん……」

息をはずませながら、悩ましげな声を洩らして、さもたまらなそうに身をくねらせるのだ。

緩んだ蕾に、亮太は指を挿し入れた。窮屈な秘孔に指が滑り込むと、先生が呻いて亮太にしがみついてきた。同時にギュッと、秘孔が指を食い締めた。

一呼吸おいて、ふっと秘孔が緩んだ。亮太は指で中をこねた。さらに指を抜き挿しした。

　こねたり抜き差ししたりしていると、先生が亮太にしがみついてきて、荒い息使いになった。

　このまま指を使ったら、この先一体どうなるのか、はじめて経験している亮太にはわからなかった。それでもなんだか未知の領域に踏み込んでいくようなときめきをおぼえていると、

「アアだめッ、ウウンだめよッ、ヘンになっちゃう……」

　先生が腰をうごめかせながら、うわごとのようにいった。

　そのとき、秘孔がヒクヒクしはじめかと思うと、

「だめッ、アアイクッ──！」

　先生が昂った声でいってのけぞり、「ウーン」と感じ入ったような声を洩らして軀をわななかせた。

　亮太は呆気に取られた。──抱きかかえている先生に起きたことが、そう自分が仕向けたのだということが、とっさに信じられなくて。

　それは亮太自身、いままでアヌスやアナルセックスへの興味も関心もほとんどなかったせいかもしれない。

それなのになぜ先生のアヌスを指弄したのかといえば、ボディソープの泡にまみれて抱き合っているうちにたまたまそうなったという偶然と、なによりそれが憧れていた先生の尻の穴だということが重なってのこと、というほかない。

「うう～ん、だめ……」

先生が軀をくねらせて、もどかしそうな艶かしい声でいった。

一瞬茫然としていた亮太は我に返った。秘孔に収まったままの指が、ジワッと締めつけられて咥え込まれるような、煽情的な感覚に襲われる。

先生が亮太の股間をまさぐってきた。〝棍棒〟を手にすると、ギュッと握って、

「アアッ、我慢できない……」

恐ろしいほど欲情している表情ですがるように亮太を見ていう。

「入れたい？」

亮太が訊くと、強くうなずき返す。

「×××とアヌス、どっち？」

「いや」

先生がうろたえたようにいった。

――そうだよな、先生がアヌスを求めるはずがない……。

そう思って亮太は秘孔から指を抜くと、先生を浴室に壁に向かわせてヒップを突き出させた。

先生は、まさに後ろから犯してくださいといわんばかりに上体を倒して大胆にヒップを突き出し、これ見よがしに秘苑をあらわにした。

官能的に熟れた女体の挑発的ともいえるポーズに、亮太は欲情をかきたてられて怒張を手にすると、亀頭で割れ目を上下にこすった。

「ウウン、いやッ、アアン入れてッ」

先生がヒップを焦れったそうにくねくね振りながら、艶かしい声で求める。

「どこに？」

「×××ッ」

亮太は押し入った。先生が呻いてのけぞった。

むっちりしたヒップを両手でつかんで、亮太は腰を使った。すぐに先生が感に堪えないような喘ぎ声をきれぎれに洩らす。

肉びらに挟まれて出入りしている、女蜜にまみれた肉棒の上に、さっきまで亮太の指が蹂躙していた褐色の蕾が、ふっくらと盛り上がって開いたような形状を見せている。

亮太はふと思った。──もしかして先生は、アナルセックスを求めたら、許したかもしれない。第一、アヌスであれほど感じてイッたんだから、ありえないことではない。それに×××とアヌス、どっち？って訊いたら、いやなんていってたけど、女のいやはわからない。ほんとは先生、アヌスでしたかったのかも……でも、まさか先生が……。

腰を使いながら亮太は、当惑しつつ膨れた蕾を指にとらえてこねた。

先生がそれまでとはちがった妖しいような声を洩らして軀をくねらせる。

「ウウン、それだめッ」

「アヌスもいいの？」

「いや……知らないッ」

先生は狼狽した感じでいった。

亮太はアヌスに指を挿し入れた。クッと秘孔が指を食い締めると同時に蜜壺が怒張を締めつけて、先生が呻き声を洩らした。

アヌスの中の指とヴァギナの中の怒張が、粘膜を隔てて触れ合っている。その異様な、倒錯的な感触に欲情を煽られて、亮太は腰と指を使った。

「アアッ、だめッ、ウウンッ、おかしくなっちゃうからだめッ……」

先生が息せききって、狂おしそうな反応を見せる。

そうやってくねる熟れた裸身が、たまらなく色っぽく見えて、抱きしめたくなる。亮太は先生の尻朶をつかむと激しく突きたて、絶頂に追いやると先生を向き直らせて抱きしめた。

すると先生のほうから激情をぶつけてくるように唇を合わせるなり舌を入れてきて、貪るようにからめてきた。

そんな先生に圧倒されながら、亮太は思った。――今夜は眠れそうにないな。

5

洋画家、速水哲哉《てつや》の個展会場は、デパートが運営する館内の画廊だった。

凜子は速水早紀と会場で落ち合って、彼女から父親の速水哲哉を紹介された。

速水哲哉は、顎髭をたくわえた、渋い二枚目という顔だちをして、体形もすっきりしていて、ファッションセンスも垢抜けていた。

年齢は四十八歳ということだが、芸術家らしい風貌のせいで、歳よりも若く見えた。

そんな速水に、凜子は会った瞬間から好印象を受けた。こういうことは、凜子には珍しいことだった。

異性に対して好悪の印象を持つこと自体、これまでそれなりにあったけれど、夫を亡くしてからはまったくなかった。異性への関心そのものが皆無だったからだ。

それが速水に対してちがったのは、彼の魅力もさることながら、凜子自身がこのところ変わってきているせいかもしれなかった。それも亮太との関係によって――。

早紀は父親と凜子を引き合わせると、買い物をしてくるといいおいて画廊から出ていった。

「娘は、先生もご存じでしょうけど、いい意味でも多少心配な意味でも奔放なところがありまして、先生にもご迷惑をおかけしているんじゃないですか」

速水は娘を見送ってから凜子に向かっていった。

「迷惑だなんて、そんなことはまったくありません。しっかりした、いい娘さんですよ」

凜子が笑みを浮かべていうと、

「そういっていただけると、少しはホッとするんですが、お恥ずかしい話、なにぶん親からして子供のお手本になるような親じゃないものですから、つい心配になるんです」

速水は苦笑いして自嘲ぎみにいった。

「ご心配なく。娘さんにとってお父様は自慢のお父様で、リスペクトしてるようですよ」

「いやァ、それはびっくりです」

速水は満更でもなさそうに笑って、照れ臭そうに頭に手をやった。

「あ、せっかくお越しいただいたのに、つまらない話をしてしまって恐縮です。さ、ご案内しますから、こちらにどうぞ」

そういって先に立った速水について凜子は絵の前にいった。

速水の絵は、ほとんどが抽象画だった。それも構図よりも色彩に重きをおいたものが多い。

展示と販売もしていて、どの作品も高価で、ほしくても凜子が買えるものではなかったが、けっこう人気があるらしく、すでに売却済みの札がついているものがかなり眼についた。

つぎつぎに絵の前にいって、作者本人の説明を聞いているうち、凜子はますます速水に好感を持った。その解説が丁寧というより熱心なため、絵画にかける速水の情熱と一緒にその人柄も感じられたからだった。

「どれか気に入っていただけたものがありましたか。いっていただければ、プレゼントして差し上げますよ」

ひととおり絵を見終わったところで、速水が思いがけないことをいった。

「もちろんありましたけど、とんでもありません。みんな高価なものばかりで、いただけません」

凜子が当惑していうと、

「先生のご様子を拝見していて、『色彩のダンス』という作品がとくに気に入っていただけたようにお見受けしたんですが、ちがいますか」

「え!? おわかりになりました? おっしゃるとおりです」

「じゃあ、あの作品を先生にプレゼントします。それでこんなことをいうと、海老で鯛を釣ってるようですが、そのかわり食事に付き合っていただけませんか」

「そんな!――」

凜子は唖然として絶句した。すると速水が名刺とボールペンを差し出した。名刺は二枚あった。

「一枚は先生にお渡しします。もう一枚の裏に先生の携帯の番号をお書きになって、ぼくにください」

名刺と一緒にペンを渡されて、凜子は返す言葉もなく、動揺したまま携帯番号を書くと、その名刺を速水に渡した。

ちょうどそのとき、早紀がもどってきた。

凜子は早紀と一緒にデパート近くのカフェにいた。

「パパ、先生のこと、一目で好きになっちゃったみたい。ああいうの、一目惚れっていうんでしょ」

チョコレートパフェを柄の長いスプーンでつつきながら、早紀がいたずらっぽい眼つきで凜子を見ていう。

「先生はパパのこと、どう思いました？」

「いやァね。想像するのは勝手だけど、とんでもない誤解だわ。お父様は一目惚れなんてするような人じゃないし、早紀ちゃんも思ってるとおり、わたしから見てもとても魅力的な方だと思ったわ」

「じゃあ先生は、パパのこと好きになったの？」

凛子は笑ってかぶりを振った。

「大人はね、そんなにすぐに好きになったりしないの」

子供扱いされたからか、早紀はムッとして、

「そうかしら、うちのママなんて、すぐに好きになっちゃうみたいだけど」

早紀にいわせると、速水家は家庭崩壊しているらしい。両親の関係がうまくいってなくて、その原因は元を糾《ただ》せば夫婦関係の深いところにあるのかもしれないが、物心ついた頃から早紀が見たところ、新聞記者の母親の奔放な男関係にあるようだ。

その結果、夫婦は別居している。夫の速水哲哉は自宅を出て、アトリエを兼ねた家に住み、自宅には妻と本人の母親と早紀の、女ばかり三人が住んでいる、ということだった。

「それで、ご両親は離婚はしないの？」

凛子はそう訊いた。すると早紀は、

「パパはしたがってるようだけど、ママはいまのところする気はないみたい。ママって勝手なのよ。離婚しなくても困らないし、するのは面倒だからしないみた

いなこと、いってたわ」

　ひどく醒めた口調と表情でいった。


　昼間、個展からカフェで会っていた早紀からその日の夜、自宅にいた凜子に電話がかかってきた。時刻は九時をまわったところだった。

「先生、今夜泊めて。ママとケンカして家を出てきちゃったの」

　そういわれて、凜子は困惑した。一瞬、亮太のことが頭をよぎって、もしも彼がきたらと思ったからだ。が、考えたら日曜日の夜なので、彼も明日は仕事がある。今夜はもうこないだろう。そう思って早紀を泊めてやることにして、自宅の住所を教えた。

　そのあとでふと、凜子は思った。――わたしよりお父さんのところに泊めてもらえばよかったのでは？　でもお父さんは都合がわるかったのかも……女性でもきてたりして。

　凜子は動揺した。速水の都合を考えて女のことが頭に浮かんだとき、嫉妬に似た感情がわいたからだ。思いがけないことだった。

　恥ずかしくなって、

——いやだわ、どうして……。

胸の中でつぶやいた。

それから三十分ほどして早紀がきた。昼間会ったときと同じ私服姿で、肩からかなり大きめのバッグをかけていた。制服や鞄が入っているのかもしれない。

「ごめんなさい。パパに電話したら、今日は画廊の人たちと飲み会やってて、遅くなるから家に帰りなさいっていわれちゃって、それで先生にお願いしたんです」

早紀がリビングルームのソファにバッグを置きながらいった。

「その口ぶりだと、家出の常習犯で、そのたびにお父様のところにいってるみたいね」

「そう」

と、早紀は屈託のなく笑って首をすくめ、

「でも今日はパパの都合がわるくてラッキーだった」

「どうして?」

「はじめて先生のお宅にくることができたから」

部屋の中を興味津々の表情で見まわしながらいう早紀に、凜子は訊いた。

「お母様とは、どうしてケンカしたの？」

「つまんないこと。それも年頃の娘と母親にありがちな、ささいなことです」

早紀はちょっとおどけたような笑いを浮かべていった。

「それはそうと食事は？」

「もうしました」

「じゃあお風呂にする？」

「はい。シャワー、使わせてください」

「どうぞ。こっちよ」

凜子は早紀を洗面所兼脱衣場に案内した。そこからもどると寝室に入り、早紀のために凜子のパジャマを用意して脱衣場に引き返し、さらにこんどは客間にいって布団を敷いた。

そのあと凜子もルームウエアからパジャマに着替え、キッチンでふたつのグラスにオレンジジュースを満たしたとき、ちょうど早紀がもどってきた。凜子の、花柄のシルクのパジャマを着ていた。

凜子は、パジャマの素材は肌への感触がいいシルクが好きなので、自分もシルクのパジャマを着ていた。それも同じ花柄で、色ちがいだった。

「先生とおそろいのパジャマ着てるなんて、うれしい。ていうか、ドキドキしちゃう」

早紀が表情を輝かせていうと、喉が渇いていたらしく、美味しそうにオレンジジュースを飲む。シャワーキャップを使ったのだろう。黒光りしているロングヘアは乾いたままだ。

「ドキドキはオーバーでしょ」

凜子もジュースを飲み、笑っていうと、

「だってほんとなんだもん。ほら――」

いうなり早紀が凜子の手を取って自分のパジャマの胸に押しつけた。

「早紀ちゃん！」

凜子は驚き、あわてて手を引っ込めた。

「あ、先生もドキドキしちゃってる」

早紀がおかしそうに笑っていう。

「いけない子ね、大人をからかうなんて」

凜子はかるく睨んでいった。ドキドキはしていなかったが、手に残っている重たげに張った感じの早紀の乳房の感触に、内心戸惑っていた。

「じゃあ明日は学校だから、もう寝ましょ」

そういって凜子が客間に案内すると、

「わたし、先生と一緒がいい、先生と寝たい」

早紀は凜子の腕をつかんで駄々っ子のように軀を振って懇願した。

6

……だれかの手で軀を触られていた。最初はその手が亮太のものだと思ったけれど、ちがった。速水哲哉の手だった。

気持ちいい。速水の手がそろそろ乳房に触る。ドキドキする。その手がゆっくり乳房を撫でる。ゾクゾクする——。

その瞬間、ハッとして眼を開けた。瞬時に事態が呑み込めなかった。その直後にわかって、凜子はあわてふためいた。

「早紀ちゃん、なにをしてるのッ!?　だめよッ、やめてッ」

「先生、じっとしててッ。わたし、先生が好きッ。おねがいッ、このままじっとしてて」

早紀が後ろから凛子に抱きついて、首筋に熱い息を吹きかけながら息せききっていう。

「だめよ、早紀ちゃん。こんなことしちゃだめッ、やめなさいッ」

凛子はもがいてたしなめた。ひどくうろたえていたが、相手が教え子の女子生徒だけに、暴れて抵抗するにはためらいのようなものがあって、必死という感じにはならない。

それに意外に早紀の力は強く、しかも彼女の脚で脚をからめ取られているため、抵抗自体ままならない。

そのうち――首筋から耳元を早紀の舌でなぞられ、両手でパジャマ越しに乳房を揉まれているうち、凛子はますますうろたえさせられることになった。否応なく感じさせられて、喘ぎ声を洩らしていたのだ。

「先生って、同性との経験はないの？」

早紀が凛子のパジャマの上着のボタンを外しながら訊く。凛子はあわててその手を制し、訊き返した。

「あるわけないでしょ。こんなことをするあなたは、あるってこと？」

「そう。高二のとき、一つ上の先輩に経験させられて、それでハマッちゃって、でもわたし、まだバージンなの」

「同性しか経験がないってこと？」

こんな状況で会話するんておかしい――と戸惑いながらも凜子は訊いた。

「そう。その先輩とだけ。エッチのこと、先輩にいろいろ教わったの」

早紀は事も無げにいう。

「先輩とはいまもつづいてるの？」

「ううん。お父さんの仕事の関係で、アメリカにいっちゃったの。それでパートナーがいなくなっちゃって困ってるとき、そんなわたしの前に先生が現れたってわけ」

「わけって、同じ年頃の子じゃなくて、どうしてわたしなの？」

「だって、先生って、お淑やかな感じで、すごくチャーミングですもの。わたしより年上だけど、パートナーになってほしいって、ずっと思ってたの」

「そんな、だめッ」

凜子は両手で胸を掻き抱いた。会話を交わしながら、ボタンを外そうとする早紀の手とそれをやめさせようとする凜子の手がせめぎ合っているうち、一つずつ外した早紀が、パジャマの前を開いたのだ。

「先生って、同性に興味はないの?」

「あるわけないでしょ」

凜子はうろたえて、声がうわずった。胸を隠している凜子の手の下に手を差し入れようとした早紀が、それは無理だとあきらめたのか、こんどは凜子の下腹部に手を這わせてきたのだ。

「だめッ、やめてッ」

凜子は早紀の手を制した。すると早紀がその凜子の手をつかみ、後ろにまわさせた。

凜子はハッとした。手がいきなりヘアらしきものに触れたのだ。それでようやくわかった。早紀の軀が妙に生々しく感じられると思っていたのだが、それもそのはず、すでに早紀はパジャマを脱いで裸になっていたのだ。

凜子が唖然としているうちに早紀の手がパジャマのズボンの下に滑り込んできた。さらにショーツの中に侵入して、ヘアをまさぐる。

「先生のヘアって、もっと薄いのかと想ってたけど、けっこう濃いのね」

早紀が手でヘアを嬲りながら、凜子の耳元で思わせぶりにいう。

「やめてッ。早紀ちゃん、こんなこと、いけないわ。もうやめなさい」

凜子は腰をくねらせながら必死にたしなめた。

「だめッ。こんな中途半端なとこでやめちゃったら、わたしはもちろんだけど、先生だってフラストレーション溜まっちゃうわ」

早紀はまったく聞く耳を持たない。それどころか強引に凜子の股間に手をこじ入れてきた。

「だってほら、先生のここ、もう濡れちゃってる」

「いやッ！」

女子生徒にあからさまなことをいわれて、凜子は顔が熱くなった。

まだそれほどのことをされたわけではないにもかかわらず、同性の軀を生々しく感じているうちに我知らず、どこか妖しい気持ちになってしまって、亡き夫にいわれたことがある、濡れやすい凜子の軀は自然に反応して、蜜を湧出していたようだ。

早紀の手が触れている恥ずかしい部分は、ジトッと濡れている。凜子自身それがわかった。

そんな反応を示している自分に当惑するあまり、拒絶するのを忘れた隙を突いて、早紀の指先が過敏な肉芽をとらえて、やさしくこねはじめた。

バージンだというのに、同性との情痴で身につけたのだろう、早紀の指使いは驚くほど巧みだ。

「アアッ、だめッ、だめよッ、いけないわ早紀ちゃん」

凜子はうろたえていった。ひとりでに腰がうごめく。

「でも先生、感じちゃって、気持ちいいんでしょ？」

早紀が唇で耳を嬲りながらいう。

「クリトリス、もうビンビンになっちゃってるわ。ああん、先生だけ気持ちいいなんてずるい。わたしも気持ちよくなりたい」

早紀が覆い被さってキスしてきた。思ったとおり、すでに全裸だった。

拒むか応じるか、凜子は一瞬迷った。が、触れ合った唇を、異性とはちがうとろけるような感触と一緒に、羽毛でなぞるようにこすり合わされると、迷いは甘い鼻声になった。

それに戯れるように唇をついばまれると、ふわっと気持ちが浮きたって、唇ばかりか早紀の舌も受け入れた。

早紀はキスも巧みだった。舌のからみ合いでも、凜子のほうが翻弄されて、興奮を煽られた。そう、すでに凜子は興奮し欲情していたのだ。

る。

「先生、舐めて」

唇を離した早紀が、そういって凜子の顔の前に乳房を差し出した。

若い乳房はボリュームがあってみずみずしく、重たげに張っている。そして、ピンク色の乳暈がふっくらと盛り上がって、小ぶりな乳首がツンと突き出している。

凜子は両手を膨らみに添えると、乳首に舌を這わせた。もはやためらいはなかった。両手で膨らみをやさしく揉みながら、乳首を舐めまわし、口に含むとかるく吸った。

「アアンッ、いいッ、先生、すてきッ」

早紀が昂った声でいう。

そういわれると、もっと感じさせてやろうという気になって、凜子は熱っぽく舌と口を使った。——と、泣き声で快感を訴えていた早紀が、凜子の意表を突く反応を見せた。「だめだめッ、イッちゃう！」というなり凜子の頭を抱え込んで達してふるえをわきたてたのだ。

「久しぶりだから感じすぎちゃって、すぐ我慢できなくなっちゃった……」

美少女は興奮醒めやらないようすで息を弾ませていう。

「ね、先生もみんな脱いじゃって」

いわれるまま、凛子はパジャマを脱いだ。そして、ちょっとためらってから薄いブルーのショーツも取った。

「先生のヌード、すごい色っぽい。見てるだけで興奮しちゃう」

早紀は眼を輝かせていうと、凛子の胸に顔をうずめてきた。

両手で乳房を揉みながら、乳首をくすぐるように舐めまわす。

凛子はこらえきれず、かきたてられる快感が喘ぎ声になった。

早紀は吸いたてた乳首を、そのまま舌でこねたりもする。うずくような快感に襲われて、凛子は太腿をしめつけてのけぞらずにはいられない。

「先生、舐めっこしましょ」

早紀が顔を起こしていった。

「わたしが上になっていい？」

一瞬、なんのことかわからなかった凛子だが、そういわれてシックスナインだとわかった。

早紀は凛子の返事を待たず、すぐに軀の向きを変えて凛子の顔の上にまたがった。

凜子の目の前に早紀の秘苑があからさまになっている。美少女のそこは、ヘアが薄く、そのぶんクレバスが露出して見える。ただ、生々しさはあっても、肉びらがきれいなピンク色をして、薄くてみずみずしく張っているため、凜子のそこのような淫猥な感じはない。

自分のそこを早紀が見てどう思っているだろうと想うと、凜子は恥ずかしくて軀が熱くなった。同時に早紀の視線を感じて、軀がふるえた。

そのとき、クレバスをヌメッとしたものがなぞった。

「アッ――！」

凜子はゾクッとしてのけぞった。

早紀の舌がクリクリトをとらえてこねる。快感をかきたてられて喘ぎそうになるのをこらえて、凜子も早紀のクレバスに口をつけて、舌でクリトリスをまさぐった。

クンニリングスの応酬になった。ふたりの感泣する声が交錯して、寝室の空気を艶かしく染めていく。

第四章　情痴の果てに

1

——こんなことをつづけていたら、教師の資格なんてない……。

立ち上がった生徒が英文を読んでいるのを耳に、凜子は生徒たちの机の間をゆっくり歩きながら、自責の気持ちにかられて思った。

このクラスには、速水早紀がいた。

あろうことか、教え子の速水早紀に誘惑されたような形で愛し合うことになってしまったあの夜から、一週間あまりたっていた。

あれから早紀は、すぐまた凜子とふたりきりになりたくて自宅にきたがった。

もうあんなことはいけない、あの夜のことはふたりのいい思い出にしよう。そう凛子が言い聞かせようとしても、まったく聞く耳を持たなかった。

そればかりか、応じてもらえないとわかると、勝手に押しかけてきそうなようすを見せて凛子をうろたえさせた。

この一週間あまりの間、そんなことがなんどかあったが、そのたびに凛子はもっともらしい理由をつけて、なんとか早紀の要求をかわしていた。

ただ、教壇に立てば、否応なしに顔を合わせることになる。凛子はできるだけ早紀と視線を合わせないようにした。ところがそう意識することで、逆に早紀の視線を感じてしまう。しかも感じまいとすればするほど強く。

それだけではない。早紀の視線を感じているうちに、あの夜のことを思い出してしまう。授業中になんてことを——と、そんなはしたない自分を叱責しても、女同士が全裸でからみ合う妖しい姿が脳裏に浮かび、果てのない狂おしい快感が躯に甦る……。

いまもそうだった。凛子は濡れてきているのを感じていた。それも膣が収縮するたび、ジュクッという感覚が生まれるほどに。

凛子は思った。

——いまもあの子、シテるのかしら。

昨夜のことだった。

早紀が電話をかけてきたのだ。しかもはじめて、〝フェイスタイム〟という通話中の双方の画像がディスプレイに映るアプリを使って。

都合がわるい状況だったら電話に出ないところだが、とくにわるくもなかったので凜子は電話に出た。すると早紀はまだ制服姿だった。

おたがい顔を見て話しはじめてすぐ、早紀は凜子が逢ってくれないことの不満を訴えて、信じられないことを口にした。

「だからわたし、授業中、先生を見ながらオナッてるの」

それも制服のスカートのポケットに穴を開けて、そこからショーツの中に手を入れてシテいる、というのだ。

凜子が啞然としていると、早紀はどこか秘密めかしたような笑みを浮かべて、

「シテるとこ、見せてあげる」

そういうなり制服の襞スカートをめくった。

早紀は椅子に座っていた。スカートが裏返って、黄色のショーツをつけた下半身が露出している。

――と、よく見ると、スカートのポケットの袋から手が出て、ショーツの脇から中に入っている。そして、いくぶん盛り上がっているショーツの股の部分が、微妙にうごめいているのだ。

早紀がいったとおり、教室でもそうやってオナニーしているらしい。

「授業中にそんなこと、やめなさい」

思わず凜子は教師の口調でいった。

「だって、先生のせいよ。ちっとも逢ってくれないからよ」

早紀はうらめしそうに凜子をなじると、

「ね、先生、見せっこしましょ」

打って変わって弾んだ声でいった。

「だめよ、やめなさい。先生のいうことを聞いて」

凜子はなんとかやめさせようとした。ところがそういっているうちに早紀はショーツを脱いで脚を開いた。

「ねえ、先生も見せて」

「そんな恥ずかしいこと、できるわけないでしょ。やめなきゃ、電話切るわよ」

凜子は怒ってみせた。

「だめッ。だったら先生、わたしがするとこ、見てて。先生に見られたら、刺激されちゃって、すぐに気持ちよくなってイッちゃうから」

「そんな……」

「おねがい、見てて」

戸惑う凜子にかまわず、早紀は指をクレバスに這わせると、クリトリスのあたりをまるく撫ではじめた。

凜子の携帯のディスプレイには、早紀の股間と凜子自身の顔が写っている。すぐに早紀がきれぎれに泣き声を洩らしはじめた。そして、凜子に向けて「先生、気持ちいいのッ」「アア～ン、たまンないッ」「アアッ、もうイッちゃいそう……でも、もっと気持ちよくなりたいから我慢しちゃう」などと昂った声でいう。その間に指の動きは熱をおび、腰がたまらなそうにうごめいている。

その煽情的な画像を見ながら、生々しい息づかいや声を聞いているうち、いつのまにか凜子もおかしくなってきていた。軀ばかりか秘奥が熱くなって、内腿をすり合わせずにはいられない。

早紀に見られないことをいいことに、凜子は手をそっとスカートの下に差し入れて、ショーツの中に忍ばせた。指先で肉びらの間をまさぐると、恥ずかしいほど濡れていた。

それをこられきれず、凜子が指でクリトリスをこすりはじめたとき、早紀の指が激しく律動して、

「先生、だめッ、イクッ。イクイクッ、イッちゃう！」

切迫した泣き声で絶頂を告げながら、早紀が腰を振りたてて昇りつめていった。

おいてきぼりを食った凜子は、遣り場のないうずきを抱えて、泣きたい気持ちだった。電話を切ると、すぐに浴室に向かった。シャワーで解消せずにはいられなかった。

シャワーを浴びていると、凜子は戸惑うような気持ちになった。というのも、自分の眼にも悩ましく見える熟れた軀が、我が身であって我が身ではないように思えたからだ。

それは、悩ましく見える軀がそれだけでなく、いやらしくも見えるせいにちがいない。

そしてその原因は、凜子自身にあるというべきだった。なぜなら、亮太と関係する前には考えられなかったほど、いやらしくなっているからだった。

2

指定されたスペイン料理の店に入っていくと、すでに速水哲哉はきていて、凜子に向かってにこやかに笑いかけてきた。

「すみません、お待たせして」

「いえ、ぼくが早すぎただけで、先生は時間どおりですよ」

凜子が謝ると、速水は笑みを浮かべたまま椅子から立ち上がっていった。

「先生とお会いできると思ったら、年甲斐もなく落ち着いていられなかったんです」

「そんな、ご冗談を……」

凜子は笑い返していった。

「ほんとです。冗談だったら、なんともつまらない冗談になるのでいいません」

「ごめんなさい」

速水が真顔でいうので、凜子は思わず謝った。

すると速水は笑って、

「ぼくのほうこそ、ごめんなさい。先生を、謝ってばかりにしてしまって」

「あ、いえ……」

凜子も笑っていった。——やさしい心遣いのある人なんだと思いながら。

「それよりこれ、先日の『色彩のダンス』です。プレゼントします」

速水はそういって手提げの紙袋を差し出した。

「え!? でも、先日もいいましたけど、そんな高価なもの、いただけません」

凜子は困惑していった。

「金額は関係ありません。絵描きは、自分が描いた絵が、本当に気に入ってくれた人の手元にあって、つねに鑑賞してもらえるのが、一番の歓びなんですよ。ですから遠慮なんてなさらないで、もらってやってください」

そんなふうにいわれると、固辞することはできなかった。

「じゃあお言葉に甘えて、喜んでいただきます。ありがとうございます」

凜子は礼をいって速水の手から紙袋を受け取った。

ちょうどそこへウエイターがやってきた。ふたりのようすを窺っていて、タイミングを見計らっていたらしい。

どうやら速水はこの店の常連らしく、スペイン料理にも詳しかった。そんな速水に料理の注文は任せて、ふたりはひとまずワインで乾杯した。

この日は金曜日なので、凜子は学校があった。そのため、速水から電話があってディナーの約束をする際、待ち合わせ時刻を少し遅くしてもらった。というのも速水とのはじめてのデートだから、学校からいったん帰宅してシャワーを浴び、それなりにふさわしい服に着替えて出直したかったからだ。

そんな凜子の服装は、抽象画家の速水を意識して、カンディンスキーの絵のような柄のブラウスに、その色調に合わせて茶色のタイトスカートを穿いていた。

速水は凜子のファッションセンスを褒めた。それに容貌やプロポーションも褒めて、凜子を照れさせた。

ただ、照れながらも凜子は、お世辞にしてもうれしかった。

速水のファッションも、センスがよかった。見るからに柔らかそうな黒い革のジャケットに、白いシルクっぽいシャツを着て、シャツのボタンを三つ外し、下はGパンで、ラフとシンプルがうまくマッチしている。

食事をしながらのふたりの会話は、はじめてのデートと思えないほど盛り上がった。それもスペインが好きで、近いうち移住することも考えているという速水は、スペインのいろいろなことについて博識で、その話が含蓄に富んでいるからだった。

移住の話には驚いたが、そんな時間を楽しんでいるうち、いつしか凜子は速水との間に生まれている雰囲気に快く酔っていた。

そこには大人同士が醸し出す、心安らぐような時が流れていて、それを感じたとき凜子はふと、亮太のことを思った。亮太とでは、とてもこんな時はつくれないと。

そのせいで、速水につぎにデートの約束を求められたとき、凜子は自分で恥ずかしくなるほど、すぐに応じていた。

速水とはじめてデートした翌日、土曜日の昼下がりだった。

亮太が凜子の自宅にきた。そういう予定だった。

凜子がキッチンに立って飲み物を用意していると、亮太がそばにやってきて、後ろから凜子を抱きしめた。

「ウンッ、だめよ、待って」

「待てないよ。一週間も我慢してたんだ。だからほら、もうこんなだよ」

グイと亮太が強張りを凜子の尻に押しつけてくる。

ゾクッとして凜子は喘いだ。

先週の金曜日から土曜日にかけて亮太とセックスを堪能して、翌日には早紀とレズ行為におよんだものの、凜子にしても〝男〟は一週間ぶりで、徐々に軀がモヤモヤしてきていた。

「アンッ、だめだってば……」

ベロアのトレーナー越しに乳房を揉まれて、声がうわずった。

亮太がトレーナーを引き上げる。「いやッ」といっただけで凜子はされるがままになり、トレーナーを脱がされて、上半身桃色のブラだけになった。

「凜子だって溜まってるだろ？　でも時間は充分あるから、たっぷり楽しめるよ」

亮太が弾むような声でいいながら、ブラを取り去る。今日は泊まっていくことになっているのだ。

両手で乳房を揉みたてられると、凜子はそれだけでもう理性を失った。うずくような快感に身を委ねて、喘いで身悶える。怒張を押しつけられている尻が、もっと生々しい感触を求めて、いやらしくうごめいてしまう。

凜子自身、もう乳首がしこって勃っているのがわかった。その乳首を指でつまんでこねられると、甘くうずくような快感に襲われて泣き声になる。

亮太がスカートを引き上げた。家にいるのでパンストは穿いていない。ブラとペアのショーツは、亮太が凜子にとってはじめてのTバックにひどく興奮したので、これもTバックだった。

むき出しの尻を、亮太の両手がつかんで、興奮と欲情をぶつけてくるように揉みしだく。

凜子は喘いで腰をくねらせた。艶めいた気分そのままの声と、なよなよした腰つきになってしまう。

亮太が尻に頬ずりする。そのまま、手を凜子の股間に差し入れて、指でクレバスをまさぐってくる。

「すげッ。もうビチョビチョじゃないよ」

「いやッ、いわないでッ」

恥ずかしい。同時に凜子は興奮を煽られる。

亮太の指が濡れそぼっているクレバスをこすり、クリトリスをこねる。

「アアッ……アアンッ……亮太、だめッ……」

その「だめ」は、感じすぎての「だめ」だった。

「アアンッ、いいッ……アアッ、だめだめッ……」

腰がひとりでに律動してしまう。そのぶん亮太の指で刺激されることになって、凛子はますますたまらなくなる。——と、ヌルーッと指が侵入してきた。

「アウッ——！」

凛子はのけぞった。一気に達して軀がわななく。

軀を半回転させられて、亮太と向き合った。彼の顔の、欲情しきって強張っているようすが、そっくりそのまま凛子の顔の色でもあった。

亮太が凛子を抱きすくめてキスしてきた。欲情むき出しの、貪るようなそのキスに合わせて、凛子も濃厚に舌をからめ返す。

キスしながら、亮太が硬直を凛子の下腹部にぐいぐい押しつけてくる。その感覚と舌のからみ合いに凛子も欲情を煽りたてられて、たまらなくなった。鼻声を洩らして唇を離すと、亮太を押しやるようにして彼の前にひざまずいた。

露骨に盛り上がっているチノパンツの前を手でなぞり、硬直の感触を確かめるとベルトを緩め、チャックを下ろす。

亮太は黙っている。顔を見なくても、凛子の行為を興奮しきった顔で見下ろしているのが、気配でわかる。

その視線を感じて凜子も興奮していた。胸のときめきをおぼえながら、チノパンツを下げた。

濃いグレーのボクサーパンツにつつまれた腰が現れると同時に息を呑んだ。その前がくっきりと、生々しく突き上がっている。

ゾクゾクしながらパンツを下ろした。目の前でブルンッと、〝棍棒〟が大きく跳ねて飛び出し、凜子は思わず喘いだ。軀と一緒に声もふるえた。

欲情にかりたてられて怒張を手にすると、凜子はねっとりと亀頭に舌をからめていった。

怒張を上から下へ、下から上へ、裏すじから陰のうもまんべんなく、貪るように舐めまわす。そして咥えると、夢中になって顔を振ってしごく。

求められないうちに自分から男の前にひざまずいて、こんな淫らなフェラチオをしている。

そう思うと凜子は、興奮のあまり頭がくらくらした。

「ああ、気持ちいい。たまんない」

亮太がうわずった声でいった。

「だけど、凜子がこんないやらしいフェラするようになるなんて、なんだか信じられないような気持ちだよ」

それは凜子自身の気持ちでもあった。

「ああだめだ、もう我慢できない。入れたくなっちゃったよ」

亮太があわてたようにいって腰を引いた。凜子の口から滑り出た怒張が生々しく弾み、亮太の下腹部を叩いた。

反り返っている怒張に眼を奪われて息を弾ませていると、亮太が凜子を抱きかかえて立たせた。

流し台を背にしている凜子の片方の脚を抱え上げると、

「持ってて」

ショーツを横にずらしていう。凜子がそうすると、亮太は怒張を手にして亀頭でクレバスをまさぐる。濡れそぼっているそこからクチュクチュと、生々しい音が立つ。

「アアンッ、だめッ……」

うずくような快感をかきたてられて、凜子は腰をくねらせた。ただ、片脚を大きく持ち上げられた、不安定な格好なので、思うようには動けない。そのため、腰の動きがもじもじする感じになった。

「入れてほしい?」

亀頭でクレバスをこすられながら訊かれて、

「入れてッ」

凜子はストレートに求めた。もうそうしてほしくてたまらなかった。

そんな凜子を見た亮太が一瞬、さらに興奮が強まったような表情を見せたかと思うと、押し入ってきた。

ヌルーッと侵入してくる肉棒のしたたかな感覚にのけぞった凜子は、めくるめく快感に襲われて、かるく達した。

「ほら見て、いい眺めだよ」

亮太が腰を使いながらいった。つられて凜子は股間を見やった。ヘアの陰で、ヌラヌラ濡れ光っている肉棒がピストンのように律動している、淫猥な眺めが眼に入った。

「いやッ、いやらしい」

声がふるえた。それでいて、そこから眼が離せない。

「溜まっちゃってるから、一回目はあまり我慢できないけど、一回出しちゃえば、あとはたっぷり楽しませてあげられるよ。それも何回もね」

亮太が即物的なことをいいながら律動を速める。

彼と同じく欲求が溜まっている凜子は、なんとかイクのをこらえながら、頭の片隅で思った。

――彼の言い方が、そのままわたしとの関係を表している。恋でも愛でもない、ただ肉欲だけの関係を……。

そのとき亮太が交接を解いて、凜子を流し台のほうに向かせた。そして、流し台の縁につかまって尻を突き出すポーズを取らせると、後ろからまた押し入ってきた。

両手で凜子の腰をつかんで突きたててくる。このまま、一気にフィニッシュに向かおうとする激しさだ。

ほどなく、亮太は呻くように発射を告げて凜子に突き入り、勢いよくたてつづけに快感液を迸らせた。

それに合わせて凜子も昇りつめた。オルガスムスの余韻に浸る間もなく、亮太が肉棒を引こうとする。凜子はあわてていった。

「抜かないでッ。このまま、じっとしてて」

もう少し快感の余韻に浸っていたかったのだ。それを口にしたのは、凜子自身、はじめてのことだった。

3

——こんなこと、ずいぶん長い間なかったことだわ。だって、夫と出会ったころ以来ですもの。

速水哲哉とのデートの場所に向かいながら、凜子は思った。

こんなこととは、胸がときめいていることだった。しかも恋をしているとき特有の、ひとりでに弾むようなときめきだ。それもそのはず、凜子は恋をしているのだった。

速水とふたりきりで逢うのは、この日が三度目だった。

前の二回は、いずれもレストランでのディナーのあとバーというコースで、バーではカクテルと会話を楽しんだ。それでふたりの距離は急速に近づいた——と凜子は思っていた。

その二回のデートのときも凜子の胸はときめいたが、三度目の今回は、これまでとはいささかちがっていた。というのも、速水が待ち合わせ場所に指定したのが、ホテルの中にあるレストランだったからだ。

それを聞いて凜子は一瞬、当惑した。レストランを出たあとのことが、ふと頭に浮かんだのだ。

いままで逢ったのは、二回とも街中にあるレストランだった。

——それがホテルということになると、これまでとはちがうコースになる可能性もある。速水さんはそれを考えているのかも……。

そう思った凜子だが、すぐに速水の誘いに応じていた。

ところが電話を切ったあと、胸が熱くざわめいた。もしホテルの部屋に誘われたら、と思ったからだ。

だが、こんどは戸惑った。胸の熱いざわめきが、すぐにときめきに変わってきたからだ。

とはいっても凜子自身、部屋に誘われることを期待しているわけではなかった。誘われたら困ると思った。では断るかと自問すると、自分でもわからないという、はっきりしない答えしかなかった。

そんなに優柔不断でどうするの!? 自分で自分のことを叱責したけれど、どうにもならなかった。おまけにそれでいて胸がときめいているのだから、理性ではもうどうしようもなかった。

指定されたホテルの前までくると、さすがに凜子は緊張した。

地階にあるレストランにいくと、すでに速水はきていた。いつものようににこやかに凜子を迎えると、やってきたウエイターに、先に凜子の注文を訊いて伝え、つぎに自分の料理をオーダーした。そして、ウエイターが下ると、

「どうかしました？　今日の凜子さん、いつもと少しちがうみたいだけど」

速水は凜子の顔を見ていった。

「いえ、なんでもありません」

凜子はうろたえぎみにいった。緊張が顔に出ていたのかもしれなかった。

「そうですか。ならいいんですけど、なにか心配ごとでもおありなのか思って……」

「ご心配なく。全然、大丈夫です」

「ああ、その笑顔だ。それがいつもの凜子さんですよ」

速水が安心したようにいうのを見て、凜子も緊張が解けた。

いつものように、速水のいろいろな話題や気の利いたジョークなどで、今夜の食事も楽しいものになった。

それにワインの心地いい酔いも手伝って、食事が終わるころには凜子はすっかりリラックスしていた。

「じつは凜子さん、今夜はこのホテルにチェックインしてるんです」

速水がグラスを開けてからいった。

「よかったら、部屋にいってゆっくり飲みませんか」

「え、ええ」

凜子は『いや』とはいえなかった。そしてとっさに、自分に言い訳した。

──部屋にいったからといって、必ずしもなにかが起こるわけではない。

だが言い訳どおりにはならなかった。エレベーターでふたりきりになると、速水がそっと凜子の手を握って、指をからめてきたのだ。

凜子はうろたえた。が、こういう流れで抵抗したり拒絶したりするのは大人げないという気持ちが先に立って、速水の顔を見ることもできず、うつむいてされるがままになっていた。

うろたえたのは、手を握られて指をからめられたこともだが、そのからめられ方だった。

速水は、指の股同士を密着させるようにしているのだ。そうされると凜子の場合、内腿の間に手を差し込まれているような感覚に襲われて、ゾクゾクするのだ。

さらに凜子はうろたえた。そのまま速水が指を微妙に動かすのだ。指の股同士がこすれて、凜子は内腿の奥の股がこすられているような錯覚に陥り、思わず速水の手を握ると同時に内腿をしめつけて、喘ぎそうになった。

そのとき、速水が手を離した。エレベーターのドアが開くと、速水の手が凜子の肩を抱いて、下りるよううながした。

速水に肩を抱かれたまま廊下を歩く凜子は、息苦しいほどの胸の高鳴りに襲われていた。

部屋に入ってドアを閉めると、その場で速水は凜子を抱き寄せた。

凜子は顔をそむけた。自分でもわかるほど、興奮して強張っている顔を見られたくなかったからだ。

「いやですか」

速水が訊く。ずるい訊き方だった。

「……知りません」

凜子はすねたような口調になった。

速水がそっと凜子の顎に手をかけて、顔を自分のほうに向けさせてわずかに仰向かせた。凜子は狼狽して眼をつむった。

速水の唇が唇に触れてきた。凜子の唇をやさしく刷くようになぞり、速水が舌を差し入れてくる。ねっとりと凜子の舌にからめてくる。

どう対応すべきか、凜子は迷った。それも一瞬だった。すぐに艶かしい気分をかきたてられて、凜子も舌をからめていった。

いったんその気になると、もう自分を抑えることができなくなってしまった。情熱的に舌をからめていると、欲情が込み上げてきて、それがせつない鼻声になる。

速水が唇を離した。

「はじめて凜子さんと会ったとき、ぼくは直感的に思ったんです。この人は、ぼくにとって運命の人だって」

「そんな……」

真剣な表情でいわれて、凜子は戸惑った。

「オーバーに思われるかもしれないけど、ほんとのことです」

「だけど、速水さんのような魅力的な方でしたら、わたしなんかよりふさわしい方がいくらでもいらっしゃるんじゃないですか」

「よく、一目惚れっていうけど、運命を感じるなんてそうそうあることじゃない。一生のうちに一度だってないかもしれない。それにぼくなんかはもう、経験的に、恋は盲目なんてことにはなれない」

いいながら速水は凜子のスーツの上着を脱がせ、自分のジャケットを取った。

「だからこそ、ぼくにとって凜子さんは特別なんです」

そういうと、凜子のブラウスのボタンを外す。

凜子は返す言葉もなく、拒むこともできず、うつむいている。そうしているよりほか、どうすることもできない。

ただ、頭の中には、いろいろな思念がつぎつぎに浮かんでいた。亮太のこと、見知らぬ速水の妻のこと、早紀のこと……。

そして胸は、高鳴りつづけていた。それも罪悪感とときめきが入り混じった鼓動の高鳴りだった。

その胸を、凜子は両腕で隠した。すっかりボタンが外されたブラウスを、速水が脱がしていく。

上半身、黒いレースのブラだけになった凜子は、いままでとはちがう生々しい恥ずかしさに見舞われた。この下着は、速水を意識して選んだものだった。

ついで速水はタイトスカートを脱がしにかかった。凜子は微妙に腰をくねらせた。スカートが膝下まで落ちると、自分で脚を抜いた。

さらにブラとペアのショーツが透けて見えているパンストを脱がされると、凜子は片方の手で下腹部を押さえた。

「ぼくは凜子さんを見てて、モデルをお願いしたいと思ってたんですよ」

速水が落ち着いた声でいった。

「ヌードです。裸婦は久しく描いていないんですけど、凜子さんに触発されたんです。さ、予行演習だと思って、お願いします。下着を取って、よく見せてください」

「そんな、恥ずかしいです。それにモデルなんて、無理です」

「大丈夫。プロのぼくが保証します。自分で下着を取るのがいやだったら、ぼくに脱がさせてください。ぼくとしては、むしろそのほうがうれしい。女性の下着を脱がすのは、男の楽しみの一つですから」

そういってどっちがいいか訊かれると、脱がしてくださいとはいえず、凜子は速水の視線を感じて羞恥に襲われながら、自分でブラを外した。ついでショーツを脱ぐと、また胸と下腹部を手で隠した。

「手を下ろして！」

　突然、強い口調の速水の声が飛んできた。ビクッとして、凜子は両手を軀の脇に下ろした。

「素晴らしい！　想ったとおりだ。凜子さんの軀、色っぽく熟れて、とてもセクシーですよ」

　速水にしては珍しく興奮しているような口調でいって、着ているものを脱いでいく。

　その口調からしてお世辞とは思えなかったが、全裸の軀を見られている恥ずかしさに耐えかねて凜子はベッドに逃れ、シーツの下に隠れた。

4

　速水の愛撫はどこまでもやさしく、かと思えば、凜子の性感帯を的確に探り当てて、そのときはやさしいだけでなく、適度にメリハリをつける。

　そんな愛撫にくわえて絶妙な指使い、舌使いを施されて、まだ秘苑に指一本触れられていないにもかかわらず、凜子は身悶えずにはいられないほど燃え上がらされていた。

乳首が尖り勃っているのも、秘芯が熱くうずいて恥ずかしいほど濡れそぼっているのも、わかっていた。

速水に両脚を開かれたとき、凜子は喘いで腰をうねらせた。それも羞恥のためではなく、早く秘芯をかまってほしくて。

「凜子さんは濡れやすいようだね。もうあふれてるよ」

速水が両手で秘唇を開いていった。

「いやッ、いわないでッ」

恥ずかしさのあまり、小声になった。興奮して息苦しくなっているせいもあった。

「恥ずかしがることはないよ、女性の軀としては恵まれているってことだから。実際、凜子さんの軀は感じやすいし、ここだって、熟れた果実のようで美味しそうだ」

いうなり速水が秘苑に口をつけてきた。凜子は喘いでのけぞって、それだけでイキそうになった。

クンニリングスも、速水はとても巧みだった。舌使いだけでなく、凜子の反応を見て取って、しかも充分感じさせたところで刺激の強弱や、舌を使う部位を変えるのだ。

そうされると凜子のほうは焦らされて、そのぶん、またそこを攻められると前より感じてしまう。

そういう仕方で凜子はたまらなくさせられて、翻弄されて、

「ウウ～ン、だめ～、焦らしちゃいや～」

「アアそこッ、いいッ、もっとしてッ」

「アア～ン、いやァ、もっと舐めてッ」

などと嬌声をあげて悶えているうち、ついにはトドメを刺されて昇りつめ、絶頂のふるえをわきたてた。

興奮さめやらず息を弾ませていると、速水が顔を覗き込んできた。

「凜子さんのイッた直後の顔、とてもきれいだね。ふだんとはちがって、冴えわたったような美しさがあって、まさに凄艶な表情をしてる」

感動したようにいうと、

「ところが男という奴は困ったものでね、美しいものを前にすると犯したり汚したりしたくなる。その代表的な行為といえば、なんだと思う?」

と訊く。

凜子が首を振ると、速水は凜子を抱き起こしてキスしてきた。

イッたばかりの凜子は、速水よりも熱っぽく舌をからめていった。濃厚なキスでさらに興奮して、喘ぎ声が甘い鼻声になった。

速水が唇を離した。凜子の手を取って怒張に導くと、

「答えは、フェラチオだよ」

凜子の耳元で囁くようにいう。

クンニリングスで達した凜子は、求められるまでもなく、お返しにそうしようと思っていた。そのまま速水の股間に顔をうずめると、怒張に舌をからめていった。

フェラチオしながら凜子は自分の姿を想い浮かべて、恥ずかしさと興奮を煽られた。はじめてセックスをする速水の股間に顔をうずめて怒張を舐めまわしたり咥えてしごいたりしているその姿が、まるで好物の餌を与えられて貪っている雌犬のように想えたからだ。

それに知らず知らず、速水と亮太のペニスを比べていた。凜子自身、〝棍棒〟と表現した亮太のペニスは、太さは速水とほぼ同じだが、速水のそれより長い。

対して速水のペニスは、亮太のそれより亀頭が立派で、大きくエラが張り出している。ただ、勃起しているときの力強さは、無理もないけれど四十八歳の速水のそれは若い亮太にはかなわない。

速水の怒張を咥えてしごいているうち、凜子は軀がふるえて鼻声になった。大きくエラを張った亀頭を押し込まれたり、それで搔き出されたりする感覚が、秘芯に生まれたからだ。

「いやァ、驚いたな、凜子さんがこんなにフェラチオが上手だとは。ふだんの凜子さんからは想像もできない……」

凜子のフェラチオに見入っていたからだろう、黙り込んでいた速水が驚愕と興奮が入り混じったような声でいった。

「いや、いわないで」

凜子はいたたまれない恥ずかしさに襲われた。興奮してつい夢中になるあまり、亮太に教えられたフェラチオのテクニックをそのまま使っていたのだ。怒張の裏スジをなぞったり、陰のうをくすぐったり。速水が驚くのも当然だった。

「よほど、亡くなられたご主人の指導がよかったんだな」

「そんな、やめて」

「いや、すまない。こんなとき、ご主人のことをいうべきじゃなかった。申し訳ない」

気分を害した凜子だが、あわてぎみに自分の非を認めて謝った速水に、すぐに気を取り直した。それよりもそんな速水に好感をおぼえて、

「いいの、気にしないで」

と、やさしくいった。

「よかった」

速水はホッとしたようにいって、凜子に笑いかけて、

「でも凜子さん自身、フェラチオしながら感じてたようだね、色っぽいヒップがもじもじしてたから」

「いや、恥ずかしい」

凜子は顔が熱くなった。速水のいうとおりだった。

「じゃあふたり一緒に、もっと気持ちよくなろう」

速水はそういうと凜子を横臥させて、自分は反対向きに横たわった。

凜子はすぐに速水の意図を察した。——横臥の状態での、シックスナインだった。

速水は凜子の顔の前に怒張を差し出すと、凜子の上側の脚を、膝を立てた格好で開いて秘苑に顔をうずめてきた。

速水の舌がクレバスに分け入ってきて、クリトリスをとらえてこねる。凜子も亀頭に舌をからめ、怒張を舐めまわす。

すぐに凜子のほうがたまらなくなった。すすり泣くような鼻声になって、腰がいやらしくうごめいてしまう。

「だめッ、もう無理ッ、イッちゃいそう……」

「いいよ、イッてごらん」

いうなり、速水の舌がしこっている肉芽を攻めたてるように弾く。

限界まで膨張している快感が一気に弾けた。凜子は速水の腰にしがみついた。そのまま、めくるめく快感によがり泣きながら、オルガスムスのふるえに襲われた。

速水のキスで、凜子は我に返った。速水は凜子の脚を開くと腰を入れて、怒張で秘裂をまさぐってきた。

「ぼくたちふたりの、記念すべき瞬間だよ。入ってもいいかい？」

濡れそぼっているクレバスを怒張でこすりながら訊く速水に、凜子は必死に声をこらえ、彼をすがるように見て強くうなずいた。

怒張が入ってきた。凜子は息を呑み、そのまま止めた。怒張の侵入も、大きくエラを張った亀頭が入ったところで止まり、そしてゆっくり滑り込んでくる。秘芯の奥まで怒張で塞がれると、凜子は止めていた息を吐いた。体奥に生まれた甘美なうずきで、感じ入った喘ぎ声になった。

速水が覆いかぶさって唇を重ねてきた。すぐに濃厚なキスになる。舌を貪るようにからめ合いながら、速水が腰を使う。それもゆっくり、凜子の秘芯の感触を味わうように——。

「凜子さんのここ、名器だね。絶品だ、気持ちいいよ。凜子さんは?」

速水が耳元で囁くようにいって、訊く。

「わたしも、いいわッ、気持ちいいッ」

受けている感覚をそのまま口にした凜子の声はふるえた。大きくエラを張った亀頭のせいで、ゆるやかな抽送でも強い摩擦感があって、快感をかきたてられるのだ。

速水が徐々に腰使いを速める。といっても闇雲にそうするのではなく、凜子の反応を見て速さを加減したり、侵入を深くしたり浅くしたりする感じだ。

そういう行為をつづけられていると、快感のうねりに身を委ねながら、ゆっくり、それでいて確実に頂きに昇っていっている気持ちになる。

凛子はふと、亮太の行為を思った。亮太のそれは、若いだけに無理もないけれど、肉欲を満たすためだけの行為だといっていい。

それに比べて速水の行為には、すべてに余裕やゆとりがあって、なにより自分よりも相手の凛子のことを思いやる気遣いや、やさしさがある。そのため、凛子からすると、愛されているという実感がわくのだ。

その行為で凛子は絶頂に追いやられた。すると速水は凛子を抱き起こして、対面座位の体位を取った。そして、上体を後方に反らすと、

「ほら、見てごらん」

そういって腰を使うのだ。

「いやッ、いやらしい……」

つられて股間を見やった凛子は、カッと全身が火になった。羞恥と興奮がないまぜになった火だった。

いやらしいといいながら、黒々としたヘアの間で、秘唇に咥えられているようにも見える肉棒が、蜜にまみれてヌラヌラしている姿を見え隠れさせてピストン

運動している、これ以上ない淫猥な情景から眼が離せない。

凜子にとって、これと同じ状況を、亮太にも経験させられていた。ところが相手が速水だと、恥ずかしさは亮太のときよりも格段に強く、そのぶん興奮も強くてめまいがしそうだった。

興奮のあまり見ていられなくなって、凜子は速水に抱きついていった。受け止めた速水がキスしてきた。

凜子はもう自分を抑えることができなかった。速水が差し入れてきた舌を吸いたて、からめ取りながら、夢中になって腰を振りたてた。

みずからかきたてる快感に、相手が速水のせいで、亮太に対してはない甘えるような鼻声になってしまう……。

5

速水哲哉と関係を持って一カ月あまり……。

はじめてのときだけホテルの部屋で、あとは毎週末、凜子と速水は彼のアトリエ兼自宅で逢っていた。

一方で、凜子は亮太との関係もつづけていた。そのことで悩んでいた。――なんとか説得して、別れなければいけないと。

しかも速水との関係が深まれば深まるほど、その悩みも凜子にとって深刻なものになってきた。

このところ亮太は、ウィークデイに凜子の自宅にくることになっている。週末は速水と逢うため、凜子がそう仕向けたのだ。適当な研修の名目を考えて、当分の間、土日はそれがあるので都合がわるいというと、亮太はそれを信じて受け入れた。もっとも、ウィークデイには逢えるので、そうしたのだろう。

先日――火曜日の夜のことだった。

会社帰りにやってきた亮太に、凜子は思いあまって話した。

「これからわたしが話すこと、落ち着いてちゃんと聞いてほしいの」

そう前置きして、

「亮太には申し訳ないんだけど、じつはわたし、好きな人ができたの。だから、これからはもう亮太とは逢えない。でもそのほうが、亮太にとってもいいことだと思うの。もともと亮太とわたし、このままつづけていい関係ではないし、それに亮太は自分にふさわしい相手と付き合うべきだわ。亮太だってそう思うでしょ? ね、お願いだから、わたしのいってることわかって」

ところが亮太はまったく聞き入れなかった。凛子自身、すんなりとはいかないだろうと予想はしていたものの、それ以上だった。勝手なことをいうなと怒って、凛子がなだめて説得を試みると、火に油を注ぐ結果になってますます激昂し、凛子に襲いかかってきて、まるでレイプするような行為をしたのだ。

もっとも、最初はいやがって抵抗した凛子だが、あとはするようにさせて、されるがままになっていた。

行為が終わったとき、醒めた表情の凛子を見て、亮太はたじろいだようすを見せた。そして、「別れるなんて、俺は絶対いやだからね」と捨て台詞を残すかのようにいって、その夜はそそくさと帰っていった。

こじれた結果になって、どうしたらいいのか、凛子は途方に暮れた。

それから三日後の金曜日の夜だった。

携帯の着信音が鳴って、凛子の胸はときめいた。速水が明日の予定を知らせてきたのではないかと思ったのだ。

ところが亮太からの電話だった。なにをいいだすか身構える気持ちで電話に出ると、賑やかな音が流れてきた。

「いま、須賀と飲んでるんだけど、この前、凜子がいったこと、わかったよ」

亮太が思いがけないことをいった。――須賀というのは、凜子の教え子で、あの同窓会にきていた須賀俊一だった。

「それで、凜子をあきらめるため、最後に思い出のセックスをしたいんだ。土日は研修があるっていってたけど、明後日の日曜日、なんとか都合つかないかな」

いい酒の飲み方をしていないらしく、亮太の口調は呂律がややあやしい。

凜子は思考を素早く巡らせて、

「ずっと休んでないから、大丈夫だと思うわ」

そういった。「最後」というなら、と思ったのだ。そして、念押しした。

「本当に最後なのね。もう逢わないって約束して」

「ああ、約束するよ」

どこか投げやりな口調で応えると、亮太は、そのかわり最後だから自分の部屋にきてくれといって、マンションの所在地と逢う時刻を凜子に伝えた。

凜子は、いちどもいったことがない亮太の部屋というのがちょっとひっかかった。が、ここでも「最後」という言葉が懸念を消した。

日曜日の昼下がり、凜子は指定された時刻にマンションの、亮太の部屋の前に立った。

いくぶん緊張していた。はじめての場所ということもあったけれど、セックスしたあとで亮太が約束を反古にするようなことをいいだすのではないか、という懸念があったからだ。

ただ、言葉での説得がむずかしい以上、約束に賭けてみるしかなかった。

インターフォンを押すと、時刻を見計らってそこにいたらしく、すぐにドアが開いて亮太が顔を覗かせた。

「どうぞ」

いわれるまま、凜子は中に入った。亮太につづいて部屋に上がり、短い廊下を抜けると、ワンルームらしい室内がひろがっていた。

「ビールどう？　最後なんだから、楽しくやろうよ」

「……いただくわ」

楽しくやるつもりはなかったけれど、喉が渇いていたため、凜子はそう応えた。

「どこでも座ってて」

そういわれて凜子がラブソファに座っていると、キッチンにいった亮太が缶ビールを二つ手にしてもどってきた。家具といえそうなものは、そのソファに小さな食卓、それにベッドぐらいのものだった。

隣に座った亮太がプルトップを引いて差し出した缶ビールを受け取ると、凜子は一気に半分ほど飲んだ。さらに一息ついて、残りも飲み干した。速水のことが頭をよぎって罪悪感をおぼえ、少しは酔っていたい気持ちになったからだった。

「なんだか自棄になって飲んだみたいだな」

笑っていった亮太もそういう気分なのか、一気に飲み干していく。

亮太が凜子を抱き寄せてキスしてきた。凜子が形ばかりに応じていると、亮太の手が秋物のニットの上下を着ている凜子の胸を揉みしだく。その手がニットのトップの裾から侵入してきた。

「待って。自分で脱ぐわ」

そういうと、凜子は立ち上がった。できるだけ早く、事を終わらせたかった。

一瞬呆気に取られたような表情を見せた亮太を尻目に、凜子はニットの上下を脱いでいった。

下着は、亮太を喜ばせたり挑発したりしないよう、オーソドックスなデザインの白いブラとショーツをつけていた。

亮太が背後にいるのを感じながら、凜子はブラを取り、ショーツを脱いだ。全裸になってベッドにいこうとすると、亮太に腕を取られて引き止められた。

「最後だから、ちょっと刺激的なことをして楽しもうよ」

そういっているうちにも亮太は凜子の両手を背中で交叉させると、手早く紐のようなもので縛った。

「いやよ、どうして縛らなきゃいけないの、ほどいてッ」

凜子は肩を振り、手を引き離そうとした。が、どうにもならない。

「マゾッ気がある凜子先生にふさわしいプレイだよ」

そういうと、亮太は凜子に黒いアイマスクをつけた。

「いや。なにをするの!?」

視界を遮られた凜子は不安になった。

「見えないとほら、敏感になるんだよ」

突然、乳首を弾かれて、凜子は喘いだ。

亮太のいうとおりだった。どうされているのかわからないため、不意に乳首を弾かれた感覚に襲われて、そのぶん強く感じるのだ。

亮太が着ているものを脱いでいる気配がする。

ほどなく、凜子は抱き寄せられた。

「アアッ」――ゾクッとして喘いだ。いきなり下腹部に強張りが突き当たったのだ。

亮太がキスしてきた。反射的に凜子は舌の侵入を拒んだ。が、瞬時にそんなことをしてもどうにもならないと思い、唇を緩めた。

亮太が舌をからめてくる。凜子はされるがままになっていた。すると亮太が怒張をグイグイ押しつけてきた。ゾクゾクする性感に襲われて、凜子はおずおず舌をからめた。いったんそうすると抑えがきかなくなって、ねっとりとからめていった。

亮太に誘導されて、凜子は彼の膝にまたがされた。恥ずかしい状態が脳裏に浮かび、カッと軀が熱くなった。

おそらく、亮太はベッドに腰かけている。その膝にまたがっている凜子は、亮太の脚で無理やり脚をひろげられているため、股間があらわになっているはずだ。それでも手を縛られているので、どうすることもできない。

亮太が両手で乳房をとらえ、揉みたてる。凜子は喘いで身悶えた。

「アアッ、亮太、やめてッ。どうしてッ、どうしてこんなことが思い出になる

「なるんだよ。凜子先生がどんなにいやらしいか、しっかり見ておくことができるから」

「そんな……！」

亮太の屈折した気持ちが垣間見えて、凜子は絶句した。

「ほら、もういやらしく腰を動かしてるじゃないの」

「いやッ」

亮太のいうとおりだった。乳房を揉みたてられているうちに、ひとりでに腰がうごめいていた。

「ウッ——！」

凜子は呻いてのけぞった。しこって尖っている乳首をつままれて、強く捻りあげられたのだ。しびれるような快感が軀を駆け抜けて、腰が律動してイキそうになった。

「アンッ、だめッ……アウッ、それだめッ……」

亮太がつまんだ乳首をこねるのに合わせて、凜子は軀をくねらせてふるえ声を洩らす。

さらに亮太の手が無防備な股間に這ってきた。指がクレバスをまさぐる。

「なにこれ、もうビチョビチョじゃないの」

「いやッ」

ヌルヌルしているクレバスを指でこすられて、腰が律動する。そればかりか、乳首をひねられながらクリトリスをこねられていると、快感が一気に暴走してしまう。

「だめだめッ——アアッ、イクッ、イクイクッ！」

凛子はこらえきれず、めくるめく快感に呑み込まれて腰を振りたてた。

「ほ〜ら、これはまだ手始めだ。これからたっぷり楽しませてあげるから、凛子先生のいやらしいとこをしっかり見せてよ」

いいながら亮太が凛子を抱いて立たせた。凛子は抱かれていないと崩折れそうだった。

6

亮太は凛子をベッドに仰向けに寝かせた。

アイマスク、後ろ手の縛りは、そのままだ。

凜子は、顔をややそむけて、片方の脚を曲げて下腹部を隠している。

見ているだけでゾクゾクして分身に血がたぎってくる、そのきれいに熟れた、色っぽい裸身に、亮太は見入っていた。実際、さっきから勃起しているペニスがヒクついて、ますます強張ってくるのを感じながら。

凜子に別れを告げられたときのショックは、まだ消えていなかった。

好きな人ができたのでもう逢えない、もともと亮太との関係はつづけられるものではなかったし、亮太のためにももう逢わないほうがいい。凜子はそういったのだ。

それが五日ほど前のことだから、ショックが癒えないのも無理はないが、そのときわきあがった怒りや嫉妬がないまぜになって、亮太の気持ちの中にドス黒い欲望を芽生えさせていた。

そのドス黒い欲望を満たさないかぎり、この遣り場のない怒りや嫉妬を抑えることはできない。

そんな気持ちに、亮太はなっていた。

――そろそろはじめるか。

胸の中でつぶやくと、亮太は浴室に向かった。ドアを開けると、須賀俊一がトランクス一枚の格好で立っていた。

「大丈夫か」

須賀が興奮と緊張が入り混じったような顔で訊く。

「大丈夫。さっき一回イッたから、早くなんとかしてほしいって気持ちになってるはずだ」

亮太は須賀の緊張をほぐすため、笑いかけていった。ふたりとも、囁くような小声だ。

「そうみたいだな。先生の声が聞こえたよ。で、これ――」

須賀は苦笑いしてトランクスの前を指差した。そこは露骨に突き上がっている。

「もう臨戦態勢か。脱げ。いくぞ」

亮太がいうと、須賀はトランクスを下ろした。ブルンと弾んで露出した肉棒を見て、亮太はふと嫉妬した。須賀のイチモツはなかなかのもので、これが凛子の中に入るのかと思ったからだ。

ふたりは抜き足差し足でベッドのそばにいった。

はじめて凛子の裸身を見た須賀は、息を呑んだような感じで眼を見張っている。

亮太が見やると、案の定、怒張がヒクついている。

『やれ!』と、亮太は須賀に向かって顎をしゃくった。

須賀がベッドに上がった。凛子に覆いかぶさっていくと、仰臥していてもお椀型を保っている乳房を両手で揉む。凛子がのけぞって喘ぐ。須賀は乳房を揉みながら乳首を舐めまわし、吸いたてる。

凛子の喘ぎが徐々に泣き声に変わってきた。感じてたまらなくなっている声だ。それに須賀の怒張を感じてだろう、腰をいやらしくうねらせている。

そんなふたりを見入ったまま、亮太は激しい嫉妬と一緒にそれ以上の興奮にかられて、軀がふるえていた。

そもそもこの異常な情痴を考えついたのは、亮太だった。そして高校時代、亮太のつぎに滝沢凛子のファンだった須賀俊一に、計画を持ちかけたのだ。

なぜ亮太がこんなことを考えたのかといえば、凛子を汚すことでしか、凛子との関係をあきらめることができないという思いにいたったからだった。

亮太が凛子への思いとこの計画を打ち明けたとき、須賀は唖然として「おまえ、頭がおかしくなったんじゃないか」といって、まともに取り合わなかった。

ところが須賀も亮太が冗談やただの思いつきでこんなことをいうわけがないと

思ったらしく、亮太の話に食いついてきた。それも話だけでひどく興奮して——。

その須賀が凜子の股間に顔をうずめている。割れ目を舐めまわしているのだろう。凜子が感じ入って泣くような喘ぎ声を洩らしながら、繰り返しのけぞっている。

凜子のそんな反応に興奮を煽られたように、須賀が割れ目をしゃぶっているような音をたてる。

「アアだめッ……そんなことをしたら、我慢できなくなっちゃう……亮太、だめッ」

凜子が腰をうねらせながら、息せききって、怯えたようにいう。当然、亮太に舐められているものと思っているのだ。

そのとき——なおも攻めたてる須賀に、ついに凜子は絶頂に追いたてられて、

「イクッ、イクッ」とよがり泣きながら軀をわななかせた。

そこで亮太は、須賀に合図した。どういう流れで行為を進めるか、ふたりの間であらかた打ち合わせていた。

須賀が凜子の顔のほうにまわると、亮太は凜子の腰の横あたりにひざまずいた。

「ほら、いやらしくしゃぶって、俺も気持ちよくしてよ」

亮太が凜子の陰毛を撫でながらいうのに合わせて、須賀が怒張を凜子の唇に押しつける。

亮太は繁みの下に手を差し入れて、ビチョとした割れ目を指でまさぐった。

「ウン……」

凜子が腰をくねらせて唇を開き、須賀の亀頭に舌をからめていく。

かつての憧れの先生からそんなことをされて、須賀は興奮が顔に貼りついているような表情で凜子を凝視している。

過敏な肉芽をこねている亮太の指にけしかけられたように、凜子が怒張を舐めまわす。そして咥えると、せつなげな鼻声を洩らして、夢中になってしごく。

凜子にしてみれば、亮太がフェラチオをさせながら、手を伸ばしてクリトリスを嬲っていると、疑いもせず思っているはずだ。

「いやらしいしゃぶり方だなァ。もうこれがほしくてたまらなくなってんじゃないの？」

いうと同時に亮太は蜜壺に指を挿し入れた。

凜子が呻いてのけぞり、口から怒張を離した。

「うう～ん、だめッ……それだめッ……」

亮太の指の抽送に合わせて腰をうねらせながら、もどかしそうにいう。

「どうしてほしいの？」

「いや、亮太の……ああん、入れてッ」

抑えた感じの、そのぶん必死の思いがこもった声で求める。

それを聞いて刺激されたらしく、須賀の怒張がビクン、ビクンと跳ねて凜子の顔を叩いた。


「だめッ、きてッ」

クレバスを怒張でこすられて、凜子は腰を振りたてて求めた。

ヌルッと怒張が入ってきた。が、途中で止まった。

「いやッ、もっとッ」

たまりかねて腰をうねらせた。——と、ヌルーッと奥まで突き入ってきた。凜子はのけぞった。

「だめッ、イクッ！」

めまいに襲われると同時に達して、軀がわなないた。

凜子を貫いている肉棒が動きはじめた。突き引きを繰り返す。

否応なくかきたてられる快感に、こらえきれず泣き声が出てしまう。

凜子はまだアイマスクをつけられて、後ろ手に縛られたままだった。

「どう、気持ちいい？」

亮太が訊く。

答えたくないと、凜子は思った。が、意地を張っても、なんの意味もない。行為を早く終わらせることが一番。そう思い直して、「いいッ」と答えた。

「そう。凜子の×××、名器だから、ゲストも気持ちいいって思ってるはずだよ」

亮太が妙なことをいった。

つぎの瞬間、凜子は激しくうろたえた。口に怒張らしきものを押しつけられたのだ。亮太の怒張はいま、凜子の中に入っているはず！

「どういうこと!?　いやッ、なんなの!?」

そのとき、アイマスクが外された。

凜子は息を呑んだ。あろうことか、いるはずのない、見知らぬ男が凜子の股間に陣取っているのだ。

ショックのあまり、一瞬、見知らぬ男と思ったが、凜子の知っている男だった。

なんと亮太と同じ、凜子の教え子の須賀俊一だったのだ。

そして瞬時にわかった。いま自分の中に入っているのは、須賀の怒張だということが。

「須賀くん、いやッ、やめてッ」

凜子は腰をくねらせて懇願した。

「須賀も凜子先生のファンだったから、一緒に思い出をつくろうってことになったんだ。さ、三人で思いっきり楽しもうよ」

亮太が事も無げにいう。すると、それを合図のようにして須賀が腰を使いはじめた。

「ホント、先生の××××、藤森がいうとおり、名器ですね。すげえ気持ちいいです」

須賀がはじめて口をきいた。

「それだし、先生とこうしてセックスしてるなんて、まだ信じられないぐらいで、メチャメチャ感激してます」

「おまえ、そんなこといって、早いとこイッちゃったりしたら、先生に怒られちゃうぞ」

亮太が笑っていうと、

「大丈夫だ。先生に喜ばせるためにがんばるよ」

須賀は真剣な顔つきでいうと、腰の律動を速める。

凜子はかきたてられる快感を必死にこらえた。両手を縛られているため、抵抗しようにも試みることさえできない。もっとも二人の男が相手では、どうにもならないが。

「さ、凜子先生、しゃぶって。一度に二本のペニスを味わうなんて、はじめてじゃないの」

亮太が怒張で凜子の唇をなぞる。

凜子は顔を振って拒んだ。が、そうしているうちにも、泣きたくなるほどの快感のうずきで、秘芯がうごめいていた。

凜子は亮太の怒張に舌をからめた。自暴自棄になって肉棒を舐めまわすと、咥えてしごいた。

一人の男にペニスを突きたてられながら、もう一人の男のペニスを口に咥えてしごいている。

この異常としかいえない状況に、自暴自棄になってからの凜子は、異様に興奮していた。

そのため、須賀に激しく攻めたてられると、亮太の怒張を咥えたまま達してしまった。

すると、つぎには四つん這いにされて、後ろから亮太に突かれながら、こんどは前にまわった須賀の肉棒を咥えさせられて、攻め嬲られた。

「凜子先生、メス犬になった気分はどう?」

「ア~ア、すぐイッちゃうんだね。ちょっとぐらい我慢しなきゃだめだよ」

「アア、またイッちゃうの? こりゃあさかりのついたメス犬だよ」

たてつづけに昇りつめていきながら、凜子はそんな亮太の声を遠くに聞いていた。

7

悪夢にしてもありえないような情痴から、ちょうど一週間たっていた。

昨日の土曜日、速水哲哉から誘いの電話があったが、凜子は体調がよくないといって断った。

この一週間、なんど速水に逢いたい、逢って彼の胸に飛び込んでいきたいと思ったかしれない。

けれどもそれはできなかった。当然、なにがあったのか、速水は訊く。凛子の身に起きたことは、だれにもいえることではなかった。ましてや速水には。

——あの日、凛子が失神から醒めたとき、須賀はもう帰っていて、部屋には亮太しかいなかった。

亮太は裸のまま、うなだれてベッドに腰かけていた。

「どうしてこんなひどいことをしたの?」

凛子はベッドで上体を起こして、亮太の背後から訊いた。

「こうでもしなきゃ、凛子をあきらめられなかったから」

亮太はつぶやくようにいった。

「まるで、自分の思いどおりにならなかったら、ただ暴れることしかできない子供みたいね」

ひどく醒めた、突き放す口調で凛子はいった。

「で、あきらめはついたの?」

「……わかんない」

亮太はボソッといった。

「ふざけないで！」

突然凜子が発した怒声に、亮太の軀がひくついた。

「わたしにこんなひどいことをしておきながら、わからないはないでしょ。あなた、もう少しましな男かと思ってたけど、こんなクズだったなんて、見損なったわ。わたしも教師として失格だけど、あなたは男としても人間としても失格よ」

凜子は亮太にきびしい言葉を浴びせた。

それからしばらく、ふたりとも黙り込んでいた。そして、凜子は身繕いすると、部屋から出る前に亮太に背中を向けたまま、

「きついことをいったけど、先生、亮太が一人前の、大人の男性になることを願ってるわ」

物静かな口調でそう言い置いて帰ってきたのだった。

それからのこの一週間は、凜子にとって悩ましい日々になった。自分のことがわからなくなったせいだった。

落ち着いて考えてみれば、亮太とのことは、はじめから終わりまで、凜子自身が蒔いた種だった。その意味では、最悪の結末は自業自得ともいえた。

すまない。

だがそれは、頭の中のことであって、セックスと軀に関係することはそれでは

亮太との関係がはじまってから数カ月の間に――わずか数カ月の間にというべきか、凜子のセックスと軀に関係することは、凜子自身戸惑うほど大きく変った。

そのすべての変化は、いままでにないことだった。セックスに対する考え方、感じ方、性欲、興奮、欲情、快感、それらすべてが変ったといっていい。

いまの凜子は、いままでの凜子ではなかった。

そんな自分をどう理解し、どう受け止めたらいいのか、それがまだよくわからないのだった。

この日――日曜日の夜、早紀が凜子の自宅にやってきた。

電話もしないできたので、凜子がわけを訊くと、

「パパから聞いたの。先生、体調がよくないらしいって。でも学校で見るかぎり、とくにそんな感じなかったし、もしそうだったら家にいるだろうと思ってきてみたんだけど、ほんとは先生にお話があったの。ていうかお願いがあって」

美少女の教え子は、反応を窺うように凜子を見ながら、思わせぶりにいった。

「お願いって？」

ソファに座っている早紀の前のローテーブルに飲み物を置きながら、凜子は訊いた。

「パパと先生のこと」

「え!? どういうこと?」

凜子は当惑した。

「パパ、先生とのこと、わたしにみんな話してくれたの。どうしてかっていうと、ふたりのこと、わたしに理解してわかってほしいから。それだけ先生とのこと、真剣に考えてるの」

「だけど、早紀ちゃんはどう思ってるの?」

凜子はうろたえながら訊いた。早紀にはファザコンぎみのところがあったし、凜子とは微妙な関係でもあったので、穏やかな気持ちではないのでないかと思ったのだ。

「パパと先生のこと?」

「そう……」

「わたし、パパが好きな相手が先生でも、先生が好きな相手がパパでも、どっちでも許せるの。ふたりとも好きだから」

「早紀ちゃん……」

「で、お願いなんだけど、先生もパパから聞いてると思うけど、パパ、もうすぐスペインにいくっていってるでしょ」

「ええ」

事実、凛子もその話は聞いていた。それに速水から、一緒にスペインにいってほしいといわれていた。

「パパ、ほんとに先生に一緒にいってほしいと思ってるの。だから先生も、パパの気持ちわかって、スペインに一緒にいってほしいの」

熱っぽくいう早紀に、凛子は困惑した。ほんとはそうしたい。だけど自分にはそんな資格はない。そう思うからだった。

「わたしね、もうレズを卒業しようと思ってるの」

凛子が返答に困っていると、早紀が唐突にいった。

「パパと先生がスペインにいったら、わたし、彼氏を連れて遊びにいきたい。それって、楽しいでしょ」

「そう、そうね」

つられて凛子はいった。すると早紀が立ち上がって、スツールに座っている凛子の前にきた。

「だったら、先生、約束のキスして」

凜子の手を取っていう。

戸惑いながら凜子は立ち上がった。早紀が凜子を抱いてキスしてくる。そっと唇を合わせるだけの、やさしいキス――その感触に、凜子はふわっと気持ちが浮き上がるような感覚をおぼえた。それはなにかしら、新しい世界に踏み出すような感覚でもあった。

＊この作品は、書き下ろしです。また、文中に登場する団体、個人、
行為などは実在のものとはいっさい関係ありません。

二見文庫

先生《せんせい》は未亡人《みぼうじん》

2022年 8月25日 初版発行

著者 雨宮《あまみや》 慶《けい》

発行所 株式会社 二見書房
東京都千代田区神田三崎町2-18-11
電話 03(3515)2311［営業］
03(3515)2313［編集］
振替 00170-4-2639

印刷 株式会社 堀内印刷所
製本 株式会社 村上製本所

落丁・乱丁本はお取り替えいたします。
定価は、カバーに表示してあります。

ISBN978-4-576-22112-0
https://www.futami.co.jp/

二見文庫の既刊本

分校の女教師

SAKURAI,Makoto
桜井真琴

親分の罪を被って身代わり出頭するはずだった竜也は、怖くなって田舎に逃亡。入った店のママと強引に関係してしまったのがきっかけで土地の分校で臨時で体育を教えることになった。彼は、出会って一目で惹かれた清楚な女教師のために、分校の統廃合を阻止しようとする。が、彼を追う組織の手がすぐそこまで迫り——心も下半身も熱くなる書下し官能エンタメ！

二見文庫の既刊本

人妻 背徳のシャワー

AMAMIYA,Kei
雨宮 慶

高校時代にフラれ、それを引きずってきた男は今やＩＴ企業社長となった。そこにその女性から借金の申し入れが。男はここぞとばかりに体による代償を求めるが、実は裏が（「想定外の人妻」）。人妻の主任が、純情そうな部下の男を誘惑し、筆下ろしを行なうが意外な展開に（「童貞の誘惑」）ほか、夫以外の男と人妻の午後の秘密をエロティックに描いた究極の人妻官能作品集!!